Mandami a dire

Pino Roveredo
Mandami a dire

a cura e con introduzione di Claudio Magris

asSaggi Bompiani
di narrativa

© 2005 RCS Libri S.p.A.
Via Mecenate 91 - 20138 Milano

ISBN 88-452-3391-X

I edizione Bompiani marzo 2005

IX edizione Bompiani dicembre 2005

Finito di stampare nel mese di dicembre 2005
presso Legatoria del Sud
Via Cancelliera 40, Ariccia RM
Printed in Italy

INTRODUZIONE

Claudio Magris

I GRAFFITI DI PINO ROVEREDO

In un'intensa, bellissima pagina di *Capriole in salita* – il libro col quale Pino Roveredo, più che esordire, è entrato di forza nella letteratura – il protagonista-narratore guarda un viso amato e doloroso e dice di sapere quali rughe, su quel viso, portano la sua firma. Roveredo è esperto dei graffiti che la vita incide, anche con sbadata crudeltà, sul volto e sul corpo degli uomini; sa di esserne vittima e colpevole, come nel caso di quelle rughe scavate da dolori di cui si riconosce in parte responsabile. La sua scrittura, nata da una radicale esperienza personale ed estranea a ogni formazione letteraria, è anche la trascrizione di quei graffiti spesso aspri, ma pure picareschi e avventurosi. Si è ripetuto tante volte, sulla scia di famose dichiarazioni di Svevo, Saba e Slataper, che la letteratura triestina è caratterizzata dall'antiletterarietà, affermazione forse valida per la grande generazione dei suoi padri fondatori, ma molto meno per gli autori venuti dopo, che si sono anzi nutriti di quella tradizione. Certo, Roveredo è realmente arrivato alla letteratura – non solo triestina – dalla vita, da una vita che ha conosciuto l'ombra, i gironi dell'autodistruzione nell'alcool, i luoghi canonici dell'emarginazione e autoemarginazione, il sottoproletariato urbano intriso di violenza, la discesa quasi voluta, "le perdute scommesse con la solitudine, la corsa ad ostacoli presi tutti in faccia", come scrive egli stesso.

Capriole in salita, il suo primo – e tuttora più incisivo – libro uscito nel 1996, racconta la traversata di questo buio e l'uscita dal suo vortice, con una forza poetica e un'inconfondibile originalità, che permettono all'autore di non cadere nei tranelli in cui un simile tema, tante volte affrontato dalla letteratura, potrebbe facilmente attirare e distruggere uno scrittore. Ma Roveredo è veramente un *outsider*, proprio perché sa benissimo che nessuno oggi può esserlo ingenuamente senza falsificare la realtà, senza diventare cioè un naïf oggettivamente finto o un caso patetico, un ribelle o un maledetto in ritardo. Roveredo è se stesso e basta; testimone della degradazione, del disagio, della sconfitta morale, della risalita e del difficile ma concreto recupero della dignità, egli non se ne lascia né affascinare né deprimere ma nemmeno esaltare. Egli racconta quest'esperienza, con una comprensione duramente conquistata negli anni – anche attraverso molti errori – e pervenuta a una singolare profondità e con una lingua tutta sua, né orecchiata né costruita strizzando l'occhio alla trasgressione o alla pretesa innocenza delle vite brade e ignare di cultura, ma semplicemente necessaria, la sola con la quale egli può raccontare le sue storie e la sola con cui quelle storie possono essere raccontate. Pochi scrittori, oggi, sono se stessi come lo è lui. Forse non è un suo merito, perché non potrebbe fare altrimenti; ma è il segno del vero scrittore che – piccolo o grande, con i suoi pregi e i suoi limiti fa, come diceva Gide, esattamente quello che può.

Nato nel 1954 a Trieste da una famiglia artigiana, Roveredo ha lavorato per anni come operaio, dapprima in un'industria, in un salumificio e poi in una fabbrica di tappi di sughero, ma la sua narrativa è del tutto estranea alla letteratura operaia e alla sua problematica politico-sociale, alla quale egli non è certo insensibile nella sua vita e nel suo pensiero, ma che non è affatto un elemento della sua invenzione fantastica. Egli ha conosciuto pure il disordine, l'alcool, la brutale – ancorché brevissima – esperienza del carcere e dell'ospedale psichiatrico, la vita randagia ai margini della società, ma racconta tutto questo con *pietas* per se stesso e gli altri e tuttavia senz'indulgenza e soprattutto senz'alcuna complicità per quei destini la cui tragica dimissione dall'esistenza è decisa così precocemente; destini che, com'egli ha scritto, avanzano a ritroso come gamberi verso disfatte ripetute e brucianti e perdono con dolore e compiacimento le loro battaglie prima ancora di iniziarle.

Roveredo narra queste vite spezzate, voli interrotti e abbattuti da troppi sassi lanciati contro di loro, ma narra anche le bassezze e le debolezze travestite da alibi per giustificare la trasgressione. Le racconta con partecipazione e distanza, passione e ironia, con una comprensione in cui si fondono il piglio epico, l'invenzione fantastica e il giudizio morale. Come ha scritto in un eccellente saggio Riccardo Cepach, Roveredo non ha nulla da spartire con la grande tradizione trasgressiva di Kerouac e di Bukowski e con la loro visione eroico-contestataria dell'ebbrezza alcolica o del disordine liberatorio: "l'inferno dell'alcolismo viene descritto nella brutalità dei suoi devastanti effetti… Roveredo ha restituito, al di là di ogni facile mitologia, l'alcolismo a chi ne è veramente vittima."

Lo scrittore narra pure l'uscita da quei gironi, la vittoriosa battaglia contro quel buio, dal quale egli non è soltanto uscito ma aiuta, da anni, concretamente a uscire chi ne è prigioniero, in un esemplare impegno a favore delle vittime del disagio, alcolisti tossicodipendenti sieropositivi disabili assistiti dei centri d'igiene mentale carcerati immigrati. Anche di questo lavoro, che si riflette nella sua attività giornalistica, v'è nella sua opera una traccia letteraria assai discreta, aliena da ogni pathos moraleggiante e da ogni ideologia dell'impegno.

Pure in questo caso, colpisce quella che Cepach chiama l'"ingenuità autentica e non artefatta" di Roveredo, una estraneità alla cultura postmoderna della citazione che è schietta noncuranza, la semplicità di chi racconta

11

esperienze straordinarie – a cominciare da quella con i genitori sordomuti e dall'apprendistato originario del linguaggio gestuale, senza giochi intellettuali e senza ammiccamenti ad alcuna verginità culturale, ma semplicemente raccontando (e reinventando, ma sempre con una fortissima aderenza al reale) quello che gli è accaduto e costruendosi la lingua per raccontarlo, senza funambolismi verbali e senza civettare con l'elementarità e la spontaneità.

Lo studioso austriaco Peter Kuon ha parlato di un linguaggio "a volte drastico-realistico, a volte affettuoso-ironico, a volte comico-burlesco, che consente all'autore di attraversare varie frontiere esistenziali e stilistiche". Riccardo Cepach ha sottolineato lo sciolto, mutevole rapporto di questo linguaggio con le espressioni dialettali e gergali, l'uso consapevole ma non ansiosamente problematizzato di succose e anomale locuzioni verbali e figure retoriche del dialetto o dell'*argot* degli alcolisti o dei degenti negli ospedali psichiatrici, la singolare aggettivazione che usa sostantivi in funzione aggettivale, con un intenso effetto di straniamento e stravolgimento del mondo, in cui l'individuo è

12

come risucchiato e sparisce nelle azioni e nelle cose in cui è coinvolto.

Dopo l'esordio di *Capriole in salita*, che ha creato un vero caso letterario meritevole di allargarsi ora oltre i confini di Trieste e del Nord-Est, Roveredo ha pubblicato *Una risata piena di finestre* (1997) – in cui, a parte il racconto più ampio e decisamente fallito che dà il titolo al libro, egli ha trovato la forma a lui forse più congeniale, il testo breve, fulminea istantanea ed epifania del quotidiano, come *Mandami a dire*, un vero piccolo capolavoro. Sono seguiti *La città dei cancelli* (1998), romanzo di vita carceraria come l'atto unico dialettale *La bela vita* (1998) e il romanzo *Ballando con Cecilia* (2000) – imperniato su una straordinaria figura di donna che ha passato sessant'anni in manicomio – dal quale è stata tratta una felice riduzione e rappresentazione teatrale. A parte testi minori, spesso nati dal lavoro collettivo con gruppi di giovani disagiati (la sua "Compagnia Instabile", com'egli la chiama), Roveredo continua a scrivere, come testimoniano alcuni racconti, sinora inediti, compresi in questa raccolta. È uno scrittore assai diseguale, autore di prove forti e di altre deboli, felice soprattutto quando rimane legato a radici autobiografiche o si abbandona a improvvise e rapide magie, molto meno convincente nel racconto realistico tradizionale.

Simbolicamente e molto concretamente la scrittura di Roveredo arriva alla carta da una peculiare fisicità, che investe il suo linguaggio originario, quello appreso dai genitori sordomuti. Egli stesso racconta – pure all'inizio di questo volume – come, per cominciare, egli abbia imparato, prima che il movimento della voce, quello delle mani, con cui comunicavano e si esprimevano i suoi genitori. "Il linguaggio dei gesti" – egli dice –, oltre l'attenzione assoluta dello sguardo, richiede anche la capacità di costruire il dialogo con le dita, dita che con la libertà di una fantasia possono differenziarsi nello stile fino a diventare la proprietà di un dialetto personalizzato. "Con quell'uso, dopo che i miei cari se ne sono andati, ho iniziato a scrivere o, se vogliamo, a trasferire sulla carta il movimento delle dita."

All'inizio dunque c'è il corpo. Perfino la scrittura, il linguaggio, gli irripetibili dialetti della diversità sono, concretamente, fisicamente, corporei. Forse anche da quest'esperienza originaria, che fonde – senza che egli ne abbia esplicita consapevolezza culturale – il Logos e la carne, deriva quella familiarità con l'effimera, fragile e gloriosa carnalità della persona che caratterizza la pagina di Roveredo. Egli ha un senso forte, istintivo più che consapevole, di ciò che la Bibbia chiama "carne" e che non indica un'insensata contrapposizione allo spirito, bensì la precaria, appassionata e indissolubile unità dell'individuo nella sua fisicità, nei suoi sentimenti, nei suoi sogni, nei suoi errori.

I personaggi di Roveredo vivono spesso ai margini della vita o nell'ombra; egli ne racconta con partecipe affetto e rispetto le violenze anche brutali e le umiliazioni subite, gli sbandamenti o le canagliate ma anche il generoso e spavaldo coraggio, le piroette e i capitomboli con cui essi cercano di sfuggire alla morsa della vita, i sogni ingenui ma potenti che li portano aldilà dei confini del reale. Questa familiarità con la debolezza e insieme con la sacralità dell'esistenza è irriverente, perché non arretra dinanzi ad alcuna anche impudica o imbarazzante miseria e non s'inchina ad alcuna solennità, ma la tira giù dal piedistallo, dando del tu o anche peggio al Padreterno e mostrando i rattoppi nei calzoni o i buchi nelle calze della vita.

Ma tutti questi personaggi – come quelli dei racconti di questo volume – sono trattati con un profondo rispetto, siano essi gaglioffi o cuori semplici ingannati, angeli o magnaccia, ladruncoli o degenti al manicomio; talvolta, com'è giusto, l'autore li prende per il bavero ma ciò non diminuisce l'amore e il rispetto nei loro riguardi. Parlando di Singer Henry Miller dice che, si tratti di una prostituta o di un santo, i suoi personaggi sono sempre immersi in un'aura di santità e di rispetto; fatte le debite proporzioni di grandezza, questo vale anche per la scalcagnata ma indomita combriccola delle figure di Roveredo.

Il rispetto – che Kant, non credo letto da Roveredo, pone quale base e premessa d'ogni virtù – è una modalità essenziale di Roveredo nel suo porsi dinanzi all'esistenza e al racconto dell'esistenze degli uomini; è una chiave della sua umanità, del suo senso della calda vita. Perfino quelle categorie morali apparentemente ingenue della buona e cattiva educazione, messe in evidenza da Cepach, rientrano in questo senso di rispetto, che presuppone un altrettanto profondo senso dell'ordine. Applicate all'universo dell'emarginazione, subita o voluta, o a situazioni disordinate, irregolari, truffaldine o indecorose, tali categorie risultano comiche e mettono in luce la grottesca, spesso dolorosa comicità dell'esistenza, ma quel riso che talora avvolge le figure e le vicende di Roveredo è una demistificazione di tanti falsi idoli e dunque una liberazione e una premessa di libertà, è una fraterna partecipazione a quella buffa goffaggine dell'esistenza umana che significa anche capacità di amarla e di trovarne, perfino nella tragedia spesso farsesca e dunque ancora più tragica, una segreta armonia.

L'odissea dei personaggi di Roveredo è una Via Crucis dolorosa, spesso ridicola o tragicomica, ancor più spesso abusiva e illecita, compresa a fondo ma anche giudicata nei suoi errori e debiti da pagare. Il mondo dello scrittore sembra periferico, provinciale e piccolo, ma si dilata sino a combaciare col mondo *tout court*; fra l'osteria del rione, il manicomio, il carcere o il monolocale dei sobborghi si apre un intero universo, un'arca di Noè in cui c'è posto per tutti.

I personaggi di questi brevi, talora fulminei racconti conoscono l'esclusione e la solitudine, ma anche istanti di gioia che bastano a riscattare una vita; spesso perdenti – magari solo per un beffardo e maligno soffio, come nel *Maiale col fiocco* – oppure vittime di un'ostile indifferenza che a poco a poco li inaridisce e isterilisce come fiori senz'acqua, sono colpiti dalla sventura che si abbatte su di loro con la violenza del fato travestito spesso da banalità accidentale o da fortuito incidente sul lavoro. Ma sono talora pure toccati da una misteriosa grazia, da una francescana fraternità estesa a tutta la vita e perfino alle cose, agli oggetti che, se spesso sono spettralmente alienati in una disumanizzazione fantomatica, altre volte conservano la calda confidenza del valore d'uso e del lavoro, il calore delle mani che li adoperano, come accade ad Anselmo Scarcini con i colori e i coperchi delle sue vernici o all'anonimo protagonista di *Una boccata d'amore* con la sigaretta.

In questi – come in altri – racconti di Roveredo, c'è tanta corposa, plebea, anche volgare realtà materiale, ma c'è anche un'ariosa leggerezza, un guizzo di magia che entra con assoluta naturalezza e autorità nel reale, come nelle fiabe o nelle fantasie dei bambini. Il destino allora sembra perdere peso e la vita degli uomini, liberatasi della forza di gravità come di una zavorra, si libra nel cielo come un palloncino scappato di mano a un bambino, anche se non è detto che il dolore o l'assurdo non raggiungano anche lassù quelle figurine danzanti o penzolanti nell'aria, come, in uno di questi racconti, l'ucraino sull'impalcatura. Talora le porte si aprono, talora scattano e si chiudono come trappole e talora, cosa ancora più feroce, il bambino che esce dal buio sgabuzzino in cui, rinchiuso brutalmente per punizione, ha conosciuto e patito l'angoscia, non si avvia alla libertà e all'apertura verso il mondo bensì, sfigurato interiormente da quell'angoscia, si avvia in un futuro adulto in cui ripeterà, sui suoi figli, le violenze da lui subite.

Roveredo è felice nel condensare, anche in sole due o tre pagine, una via intera, l'istante che ne fa balenare il senso, il precipitato di tutta la sua odissea. A far scattare la verità latente di un'esistenza può essere un dettaglio minimo, una scritta "Valentina puttana" sul muro, una tragedia accidentale o una tragica e forse inevitabile colpa; nel mondo di Roveredo la morte può arrivare come uno schizzo di vino nel brodo, simile a quelli che il padre amava a tavola, o assumere una surrealtà metafisica, diventare il campo di maggio che ripudia i fiori e si lascia conquistare dal pianto delle croci, come dice altrove lo scrittore. Ma peggiore della morte e della violenza può essere lo svuotamento informe che appanna la vita, come nello splendido racconto-apologo *I ragazzi di quarant'anni*, un testo inesorabile e magistrale, che nella sua laconica e asciutta desolazione prende al cuore e allo stomaco con rara intensità.

Particolarmente felice nel cortocircuito fra corposa, anche triviale concretezza e fantasia surreale, Roveredo maneggia con istintiva, ingenua maestria l'elemento fondamentale e anzi progenitore del narrare, il tempo, il tempo dalle cui profondità nasce ogni racconto e il cui filo si srotola insieme a esso. C'era una volta... è da questo tempo, creaturale e verbale, che nasce la favola; è "c'era una volta" il soggetto che la dice, il narratore che la racconta. Questo tempo realistico e insieme surreale Roveredo l'ha visto e sentito scorrere anche e soprattutto nell'ospedale psichiatrico; l'ha visto condensarsi nel vissuto di quei pazienti ricoverati ai quali egli, da anni, dedica tanta energia e attività nel suo impegno quotidiano a favore di chi è vittima, a vario titolo, di grave disagio. Là quel tempo, talora anche lunghissimo, si raggruma nel vissuto, come accade del resto (sia pure in altre, meno coinvolgenti forme) in tutte le esistenze. Noi siamo tempo rappreso, ha detto una volta Marisa Madieri.

È, per esempio, il tempo-non tempo di Cecilia (nel romanzo e nel suo adattamento teatrale), i quasi sessant'anni trascorsi da lei all'ospedale psichiatrico. Sessant'anni vuoti, fluiti dopo la fine della sua memoria fermatasi in qualche modo al momento dell'internamento manicomiale, memoria che conserva puntigliosamente tutto ciò che è avvenuto sino a quell'istante e poi si dissolve nel nulla di quei decenni passati davanti al vuoto di una finestra, sino all'improvvisa scintilla del risveglio. Polvere, così Roveredo chiama quel tempo dissolto e depositato in grumi minimali, come un pulviscolo. Tempo che si spazializza, che "si misura con le sigarette. Gli ospiti del padiglione le fumano sempre tenendole orizzontali, per controllare la cenere che avanza, per sapere quanto tempo è passato".

21

Dall'esperienza, umanissima e insieme aliena, del manicomio, è nato il più bel racconto di Pino Roveredo, *Mandami a dire*, in cui solitudine, amore, assurdità, caparbio senso della vita, mistero dell'incontrarsi e del perdersi si fondono in un'opera magistrale, in un vero capolavoro.

Di questo mondo di dolore Roveredo si occupa non solo nella libertà della scrittura, ma anche in un quotidiano impegno di aiuto concreto alle sue vittime. La sua esperienza ha insegnato che bisogna pagare i debiti – verso gli altri, la società, la legge – e aiutare gli altri a pagare i loro e a risollevarsi. Da anni si è messo al servizio di chi, per sua colpa o disgrazia, vive nell'emarginazione e nel buio, lavorando in varie realtà di disagio e impegnando in quest'opera non solo se stesso ma anche, sia pur con altra funzione, la sua scrittura: ha messo in scena spettacoli con tossicodipendenti e malati di Aids, chiamandoli a collaborare pure alla stesura dei testi, ha lavorato con i detenuti del carcere di Trieste e con gli assistiti dei centri d'igiene mentale, coinvolgendo la letteratura in quest'opera di riscatto. Così lo scrittore cattivo – forse definibile come "cannibale di periferia", dice ironicamente Riccardo Cepach, il quale rifiuta peraltro in blocco l'antitesi fra scrittori "buonisti" e "cannibali" che ha acceso qualche anno fa una polemica letteraria, diventa "buono" e rimprovera Basaglia di essere morto troppo presto. Ciò comporta il rischio di piegare la libertà notturna della scrittura a una pur nobile finalità morale e umana, a una retorica. Egli stesso si rende conto di questo rischio e della necessità di separare le due scritture, quando dice che, in ogni caso, prima di diventare buono lo scrittore deve tirar fuori tutta la sua cattiveria e rappresentare senza remore tutto il male dei suoi personaggi, anche quando sente il bisogno o la tentazione di scagionarli. Ma aggiunge: "Per me, come per tanti che scivolano nel silenzio della solitudine, la scrittura è l'ultima voce, la voce intima che può trovare il coraggio di scrivere nella disperazione, a volte fino a toccare e a rovesciare il fondo della coscienza, e trasformare, in un impulso, quasi in un'energia fisica, che trova la scorciatoia per uscire dal male. La scrittura dà la libertà di vincere la paura della memoria e convincersi che nessuno è irrecuperabile. Proprio per pura azione egoista, io continuo a salvarmi ... aiutando altri a salvarsi."

MANDAMI A DIRE

1

PARLARE CON LE MANI, ASCOLTARE CON GLI OCCHI...

I sordi vivono, viaggiano, si riposano, giocano e si rattristano, portandosi sempre dietro
l'abbraccio infinito del silenzio: per loro, il rumore è un affare degli udenti.

Pensieri, dispiaceri, cronache, sogni, tutto gira senza lo spreco di un suono, perché il verbo
"ascoltare" ha congiunzioni inutili. Quel silenzio è trattato come una normale condizione, e
vissuto con rassegnazione da chi è stato vittima
della dimenticanza di una legge naturale. Qualche volta, sì, per quella mancanza può arrivare il
rammarico dell'imprecazione delusa, ma solitamente è uno stimolo suggerito dalla maleducazione sana e, soprattutto, dalla commiserazione
non richiesta degli "ascoltatori". Quegli "ascoltatori" io li ho conosciuti bene, perché sono figlio di genitori sordomuti: io, prima di imparare
i rumori, ho conosciuto il silenzio.

Quante volte, con i miei cari, perdendoci nei discorsi con le dita, riuscivamo a fermare la pietà intrigante dei curiosi che, con le bocche aperte e indispettite, non riuscivano a entrare nei nostri discorsi. Quelle erano e sono intromissioni quasi impossibili, perché la comunicazione dei non udenti ha la riservatezza di un codice segreto. Le mani, guidate da braccia veloci, si muovono agili come un solfeggio musicale, mentre le dita scattanti, girando e giocando con l'aria, formano le figure che spiegano un'azione. I loro discorsi, con la scenografia dei movimenti, entrano nella confusione dei rumori con l'intensità che non hanno le parole parlate, quelle che senza il bisogno della presenza si urlano oltre il muro o nel disbrigo superficiale che non richiede il rispetto dello sguardo. Nel mondo del silenzio è diverso, lì, per comunicare, bisogna avere l'educazione della presenza e la cortesia dell'attenzione. I sordomuti parlano con le mani e ascoltano con gli occhi.

Le braccia che girano tra di loro spiegano una Fatica, tre dita aperte che scendono dal torace rassicurano un Riposo. Le mani strette e incrociate sul cuore esternano Amore, i pugni battuti sul petto dichiarano una Sofferenza. Le mani aperte avanti, come a respingere qualcosa, raccontano un Odio, le dita che tremano come fiamme vicino alle guance confessano un Orgoglio. Anche le cose più semplici e care non si possono mandare a dire, è un obbligo dimostrarle, così un Abbraccio abbraccia, un Bacio bacia e una Carezza accarezza. Il cattivo merita un indice picchiato sulla guancia, il buono due dita che formando un anello scendono delicate dalla bocca verso lo stomaco. Per il falso c'è un pugno battuto sul mento, per l'onesto, invece, una passata della mano sulla fronte fino a salire sui capelli. Piccoli segni, che agli sconosciuti possono sembrare banali e che, invece, hanno la forza fantastica di costruire e spiegare l'attività dei sentimenti.

Ricordo che, da bambino, chiedevo a mio padre *"Ma ti dispiace di non poter sentire?"* e lui mi rispondeva *"Sì... però, io ho qualcosa che voi 'ascoltatori' non avete..."*, e così mi raccontava dei due occhi che aveva dietro la testa, che gli permettevano di vedere che cosa succedeva dietro le spalle. Io, di nascosto, cercavo di scoprire quei due occhi, ma inutilmente. Solo crescendo capii la confessione del mio genitore:

quello sguardo innaturale, che io non riuscivo a individuare, era il sesto senso, e cioè, quella sensibilità che una legge di compensazione assegna ai proprietari di una dimenticanza.

I miei genitori riuscivano ad avere la percezione di una presenza anche se questa camminava in punta di piedi, poi sapevano riconoscere quasi alla perfezione la ricchezza e la povertà morale della persona, ma soprattutto, con una sensibilità incredibile riuscivano a riconoscere gli imbrogli dell'umore: con loro, provare a nascondere il dolore con la recita del sorriso, era come indossare una maschera di vetro.

Ora, da quella affannosa ricerca dei due occhi misteriosi è passato molto tempo, un tempo che contiene sempre maggior rumore e sempre meno silenzio, dopo che le mie care premure se ne sono andate, portandosi via tutti i discorsi dalle mani.

Così, mi sono adattato a comunicare con la bocca, e ho castigato i gesti nel riposo forzato delle tasche.

Ormai, sono anni che ho riacceso l'ascolto, quello che credevo inutile perché disturbava la musica di una quiete con l'intrigante pettegolezzo della voce. Oggi posso dire "*Ti amo, ti odio, buono e cattivo*" con il gioco intrecciato di poche sillabe, però ogni volta è mezzo entusiasmo che se ne va. D'altronde, il danzare sulle frasi con il movimento agile delle dita non ha più senso, da quando due sguardi affettuosi... non mi ascoltano più!

2

MANDAMI A DIRE

Dolce tesoro mio, come stai? Anche oggi ti ho cercata al telefono e tu non c'eri, ma lì, nella tua lontananza, ti trattano bene? Mi raccomando: se solo ti sfiorano un capello, tu mandami a dire, che con la rabbia del corpo mi mangio le strade e ti raggiungo, e dopo voglio proprio vedere. La mia parte egoista vorrebbe anche sapere se sei infelice come me, perché vedessi come sono stanco di camminare da solo dentro la tristezza, a volte capita che piango senza sentirmi il singhiozzo. Vorrei anche sapere se, quando è l'ora che il tramonto si siede sopra il sole, spingendolo giù, giù fin sotto il mare, sei sempre là, davanti alla finestra, a osservare quel trapasso e a pensarmi. Una volta lo facevi, e oggi? Ti scongiuro tanto, mandami a dire.

Cara, com'è assurdo questo nostro amore, che viveva meglio quando stavamo peggio, ma dentro quel peggio poi è venuto qualcuno e ci ha detto "Eccovi la libertà! Prendere e andare". Che brutto affare è stato, se è vero che oggi siamo prigionieri della distanza. Sapessi che rimpianto quando mi giro e guardo la nostra cronaca di ieri, ora pagherei tutta la fatica che ho per prendermi le spalle e mettermele davanti, trasformando il nostro passato in futuro; succede anche a te? Se sì, mandami a dire, sarà meno dura sperare.

Se solo potessi liberarmi da questa libertà, la scambierei immediatamente con il nostro vecchio Casamento. In quel luogo stavamo bene, protetti da mura e portoni pesanti: non potevamo uscire, e pochi potevano entrare. A essere onesti fino in fondo, è vero che là dentro si doveva anche sottostare a qualche difficoltà, ma si sa che per avere bisogna anche saper dare. Erano disturbi sopportabili, come quello che ci costringeva a mangiare la carne con il cucchiaio: non era impossibile, bastava tenere ferma un'estremità con le dita e poi fare forza con la posata dall'altra. Con un po' di pratica si riusciva a strapparla pezzo a pezzo. Poi c'era la complicazione dell'elettrochoc, ma quello era medicina e aveva il dolore lungo di un'iniezione: però quando ci svegliavamo l'agitazione stramaledetta del diavolo non c'era più.

E le passeggiate obbligate da farsi in circolo giù in cortile, a parte freddo e pioggia non era male; a volte riuscivamo anche a divertirci, specie quando c'era il piccolo Mario con le sue trovate. Ti ricordi di quella volta che cominciò a sputare in su e poi a coprirsi la testa? E noi tutti dietro a imitarlo, gridando in coro "Piove, piove" mentre dall'alto un sole rosso infuriato sembrava dirci "E io che cazzo ci sto a fare?" E il gioco della sigaretta, te lo ricordi? Quando riuscivamo a elemosinarne una, la si accendeva con la voglia di mille bocche, poi tirata passava tirata. Perdeva chi, nell'ultimo passaggio, urlava per il dolore delle labbra ustionate.

Sì, si stava bene in quel posto, succedevano anche cose meravigliose, come quella che capitò alla vecchia Luigina, che un giorno improvvisamente si rifiutò di ridere, mangiare, parlare e fumare. Poverina, cominciò a dimagrire fino a diventare più magra di un'acciuga, allora i dottori dall'alto del loro ingegno la obbligarono a infinite flebo alimentari. Fummo noi a capire il motivo di quello sciopero, così tirammo fuori dai nascondigli tutti i nostri risparmi e le comprammo dei magnifici denti nuovi. Che commozione quella volta, e che momento, quando Luigina si mise a ridere e ordinò una sigaretta: credo che gli applausi intorno durarono per più di un'ora.

E quell'altro episodio, quello che ti riguarda da vicino, lo rammenti ancora?

Era il più freddo dicembre che avessimo mai vissuto, tanto che ci costrinsero nelle camere perché il cortile era così bianco e liscio che sembrava una pista di pattinaggio: solo al centro, dove doveva esserci l'aiuola, resisteva ancora in piedi un piccolo fiore bianco. Io e te ci guardavamo dalle finestre, quando tu con gesti strani cercasti di farmi capire qualcosa. Impiegai non so quanto tempo prima di afferrare il tuo desiderio, volevi a tutti i costi quel fiore coraggioso. Vestito com'ero del solo pigiama e sfidando la sorveglianza infermiera mi precipitai giù dalle scale e attraversando portone su portone arrivai in giardino, dove mi esibii in una danza memorabile. Facevo un passo, una giravolta, e giù per terra. Passo, giravolta e a terra: e così avanti, fino a cadere cinquanta volte prima di arrivare al tuo desiderio. Quando lo raccolsi lo innalzai al cielo come il trofeo della vittoria. Poi seguì il ritorno con la cautela di non rovinare il fiore, e per questo, mi misi con la pancia in giù e avanzai come fanno i soldati quando attraversano le trincee. Arrivato, passai il fiore bianco a un inserviente che ebbe la premura di portartelo. Io riuscii a raggiungere la mia finestra giusto in tempo per vederti, dolce mentre stringevi il mio omaggio delicato sul cuore: fu un momento da incorniciare e mettere da parte, perché subito dopo l'incantesimo si ruppe e il ghiaccio bianco si sciolse, lasciando il fiore al suo colore secco. Quella fu l'ultima immagine dell'episodio, subito dopo fui colpito dai pugni potenti dei controllori, offesi per l'affronto della mia disobbedienza. Quindi fui ricoverato in infermeria, non tanto per le contusioni subite, quanto per una broncopolmonite e una febbre a quaranta e passa che mi regalò quel dicembre incredibilmente freddo.

Cara, ti ricordi ancora di quel ghiaccio? E il fiore secco lo conservi ancora? Io dico di sì, anzi, scommetto che l'hai anche colorato, magari con un rosso vivo e con il bianco dell'origine.

Se sì, ti prego tanto, mandami a dire, la mia solitudine ha bisogno di sapere.

A proposito di Casamento, ogni tanto ho il piacere di passargli vicino, sai come l'hanno combinato? Lo hanno vestito da Asilo e Scuola per i bambini. Non mi è sembrato giusto, così sono entrato per chiedere il motivo, e con la più grande scortesia mi hanno allontanato, dicendomi "che hanno più diritto i vivi che i sopravvissuti". Ti rendi conto, dire "sopravvissuti" a noi, noi che abbiamo scopi innamorati e un milione di baci e abbracci da vivere, ma non c'è niente da fare, noi l'offesa ce la porteremo dietro fino alla morte.

Anche nei nostri anni migliori eravamo il bersaglio preferito dell'oltraggio. Visitatori, professori, dottori, tutti a spiegarci con parole difficili che non avevamo testa: ma allora, tutti i dolori insopportabili che girano dentro? Quelle fitte strappacervelli non vengono certo ordinate dall'esterno, per non parlare poi dei deliri, che ormai come un'abitudine non spaventano più. Quelli non saranno mica fantasmi agitati spediti su per il culo, eh? Mah! Oggi la verità è sempre più rivoltata e maltrattata nelle versioni di comodo.

Il nostro Casamento: oggi là dentro insegnano grammatica e geografia, una volta, invece, c'erano solo urla e terrore. Ma noi lasciavamo fare, noi eravamo più forti, dalla nostra avevamo la potenza del sentimento. Quanti amici sono passati, andati, e mai più sentiti. Tu hai qualche notizia? Mi piacerebbe sapere, se puoi... mandami a dire.

Io dalla mia so poco, per certo so che Alcide il "Garibaldino", quello delle barricate e delle improvvise cariche agli infermieri, è finito sotto un camion, e giù subito tutti a dire "È morto un demente che non sapeva vivere nel rispetto del traffico". Deficienti, sfido chiunque, dopo trent'anni di mura alte e portoni pesanti, a riuscire ad ambientarsi in poco tempo nel vaneggiamento di automobilisti senza occhi.

Poi ho saputo della "Gran Dama", Margherita, quella che si vestiva più strano di noi e che aveva il vezzo di farsi servire, omaggiando poi i servi con caramelle alla frutta. Lei, appena buttata fuori dal Casamento, ha scelto il grattacielo più alto e da là ha preso il volo. Per lei solo due parole su un notiziario, che annoiate spiegavano "la morte di un'insana". Deficienti, due volte deficienti. Che ne sanno, loro, che non hanno mai messo la testa dentro il loro superfluo. Che ne sanno, loro, della paura atroce di chi è prigioniero della libertà.

La libertà: ma chi l'aveva mai chiesta. Quel giorno ci vennero a prendere tutti con un pullman, sembrava che ci portassero a quelle solite gite dove si girava, si girava senza scendere un momento. Dopo aver caricato stracci e bagagli ci portarono alla Stazione. Là, senza darci il tempo del saluto, misero i ricoverati su degli orribili treni e li spedirono a destinazione. Chi dai genitori, chi dai nonni, e chi, come te, da una sorella arrabbiata per il disturbo da mantenere. Solo io rimasi giù, a me diedero un biglietto, e sopra c'era l'indirizzo di un'abitazione da dividere con altri due: sono otto anni che abito con loro e quei due non li ho ancora sentiti parlare.

Maledetta libertà, troppo grande per due che non riescono a incontrarsi, com'è possibile che da anni consumo le scarpe dentro la speranza senza riuscire a trovarti? E tu, anche tu cammini e mi cerchi? Se sì, mandami a dire, non vorrei che girassimo in un tondo infinito, senza trovare l'incontro che ci possa fermare.

Oggi sembriamo i protagonisti di un volo dove non esiste cielo, mentre ci perdiamo nelle difficoltà delle ali inutili.

Dico, ma quanto potrò resistere alla tortura della nostra distanza? A volte mi sembra di non farcela più, e così mi lascio andare alla proprietà degli umori, quelli che mi soffiano le condizioni più disperate. A volte mi consigliano la gelosia, e allora sto male e tremo al pensiero che tu, tu sia chiusa in un abbraccio che non è il mio, allora mi assale la voglia innaturale di distruggere il ladro del mio posto. A volte, invece, ricevo ipotesi sconfortanti che vogliono dettarmi la tua scomparsa: dura poco, però, perché poi mi ricordo che un giorno noi abbiamo comprato il Mondo e le nostre vite. Perciò decideremo noi quando andare, vero, mia Dolce Adorata?

Cara, cara come il segreto più intimo che non si può confidare, adesso chiudo perché comincio a sentirmi stanco, anche oggi ho camminato inutilmente tutto il giorno in cerca di te.

Ancora una cosa volevo chiederti: come mai le lettere che ti scrivo finiscono tutte per tornarmi indietro? Non sarà mica che hai cambiato casa o città? Se sì, mandami a dire, così non mi scrivo più da solo.

E continuo a cercarti anche col telefono, però da anni non risponde nessuno. Ma non mi arrendo, tu sai che ho la testa dura dell'amore, così da un mese ogni giorno faccio un numero diverso e, siccome la coincidenza esiste, prima o dopo ti troverò.

Io dalla mia ho una speranza che vince mille a zero sulla pazienza, così so e ho sempre saputo che un giorno... Un giorno arriverà il tramonto e si siederà sopra il sole, ma in quel momento il sole si rifiuterà di scendere giù, giù in fondo al mare, allora succederà che ci sarà luce tutto il giorno, sarà la volta che i curiosi non si sveglieranno dal riposo e tu, tu non sarai astratta come il sogno. Sarà un giorno senza numero, senza mese e senza anno, e io e te avremo conquistato l'eternità.

Ci credi? Se sì, mandami a dire.

3
100! 120! 140!...

Avete mai provato a dondolarvi dentro la pace buia e silenziosa di una stanza, dondolarvi stesi sopra la comodità sospesa di un divano, mentre tra gl'incroci del nulla, la spinta dolce degli occhi senza luce vi consente di accedere nell'ipotesi del sonno, e accompagnandovi per mano lungo il corridoio del dormiveglia vi porterà fin davanti l'ingresso del sogno, quando, improvvisamente, ecco che la maleducazione di uno squillo, spaccando il silenzio, entra nell'intimità dell'incrocio violentandovi la pace!...
Ecco, se qualche volta vi capita di entrare in questa maleducazione, ma grazie a una robusta pazienza riuscite a non prestargli il peso del disturbo, provate a lasciarlo scorrere quello squillo screanzato, scorrere con attenzione, e fastidio dopo fastidio vi accorgerete che il suono non è mai lo stesso, anzi, con un po' di pazienza ed

esperienza capirete che il disturbo si esibisce sempre a seconda del motivo! Un esempio?… Se la chiamata ha il suono petulante che continua a insistere anche dopo il quinto squillo, sicuramente è l'offerta speciale di qualche venditore di mobili, oppure si tratta del solito distratto che cerca una persona di cui voi ignorate l'esistenza. Se invece la chiamata ha un suono nervoso, un suono che se ne frega della vostra finta assenza, tanto che dopo il quinto squillo, prima finge di arrendersi e poi parte con la replica, allora facile che sia la depressione finanziaria di qualche amico in bolletta, oppure l'alterazione di qualcuno che cerca lite, e magari per un soccorso finanziario non restituito. Però, quando la chiamata entra nella proprietà dell'ascolto col finto riguardo del piccolo squillo, un piccolo squillo che subito si allarga nell'invadenza del suono prolungato, potente, suono che come un martello pesta sulla quiete del silenzio, scuote le pareti, ferma l'altalena, e spalanca la luce degli occhi, be', allora, allora…

Allora è sicuramente qualcosa d'urgente, magari una comunicazione impellente, probabilmente una notizia importante, importante come l'annuncio di una creatura che nasce, un matrimonio che salta, il conto del commercialista, forse l'automobile che brucia, un amico che torna! Oh Dio! Può essere anche l'ospedale, qualcuno che sta male, metti un'appendicite o una colica renale, oppure, nella peggiore, ma peggiore delle ipotesi, qualcuno che ti racconta di una strage terrorista, la carestia di una fame africana, un terremoto in Cina, dieci atomiche che scoppiano, la terza guerra mondiale, un altro Cristo morto in croce, o altro, altro, altro peggio ancora…

Il 18 giugno del 1998, alle ore 14.07, la voce di un carabiniere fermò il disturbo dello squillo, e col sussurro che cercava di mascherare la potenza del martello quando prova a domare l'anima testarda del ferro, mi annunciò…

"Signor Raimondi? Mi scusi, sono il maresciallo dei carabinieri Marcello Giuffrida, e la chiamo per avvisarla che… che… suo figlio… macchina… due ore fa… velocità… curva… ospedale… niente da fare!… Mi dispiace signor Raimondi, mi dispiace…"

Come?! Come come?… Mi dispiace signor Raimondi?… Mi dispiace di cosa, forse del fat-

44

to che mi sta strappando un rene, strozzando i polmoni, succhiando la testa, le dispiace che mi sta lanciando addosso una pioggia di carboni ardenti, che mi sta lacerando il corpo trasformandolo in piaga, una piaga viva e impossibile dove lei mi sta spargendo un quintale di sale, di questo, le dispiace?... Oppure, le dispiace che mi sta spolpando il cuore e che dopo averlo svuotato di tutti i suoi scopi... rimetterà al suo posto! Maresciallo, mi dispiace... Dio Santo, ha detto... mi dispiace?...

Sono passati quattro anni, da quando siamo stati bastonati col martello del carabiniere, e nostro figlio continua a morire tre, cinque, anche dieci volte al giorno, praticamente ogni volta che scatta lo squillo del telefono!

Ma bravo! Complimenti al guidatore!... Guarda qua, ho acceso la freccia per indicare la svolta a destra, e sto girando a sinistra!
Non c'è niente da fare, succede sempre così quando penso al mio caro: il mondo gira da una parte e io insisto per andare dall'altra.
Anche l'altro mese, finito il turno in ufficio, sono salito in macchina, ho messo in moto e so-

no partito, e dopo quaranta minuti di semafori e pensieri, ho messo la solita freccia sbagliata e ho posteggiato, quando sono sceso mi sono accorto di essere ritornato davanti al posto di lavoro! No, niente di grave, da quando la mia creatura non c'è più, ho tanto di quel tempo da perdere, anzi, più il tempo evita di essere scandito dalla rigidità degli appuntamenti, e più riesco a intrattenermi col passo e ripasso del ricordo, il ricordo della creatura mia. In quella sospensione, anche per la rivalsa di una vita troppo breve, posso fermarmi e riscoprire la storia delle piccole cose, cose che a suo tempo sono state frettolosamente catalogate negli scomparti del banale, ma che oggi, per l'importanza dell'interprete, sono soffi che mantengono in vita la mia disperazione.

... Rammento di quando andai ad assistere alla recita scolastica di fine anno, frequentava la terza elementare, e come tutte le recite scolastiche che si rispettino dovetti sottopormi al festival della spinta e controspinta per conquistare la decenza di una visione, alla fine, dopo avere lottato contro la caparbietà dei nonni e schivato l'intrigo dei genitori fotografi, mi ritrovai seduto sopra il guadagno di una discreta setti-

46

ma fila. Davano la *Gabbianella* di Sepúlveda, una bella storia, anche se per un torto al mio orgoglio paterno affidarono al mio ragazzo solo la parte marginale di tre parole tre, con l'aggiunta poco consolatoria di una partecipazione al concerto musicale che infilò dentro la colpa degli ascolti affettivi il suono sgraziato di quegli orribili flauti bianchi. Fu proprio durante l'esecuzione strumentale che, senza nessun preavviso, una stupida stanchezza mi obbligò allo scoppio di uno sbadiglio, sì, ma, mica uno di quelli discreti che si possono nascondere con uno scatto della mano, no, magari, il mio fu invece un'esternazione annoiata che uno scherzo deformato delle mandibole allargò e allungò fino all'inverosimile, talmente inverosimile che dentro quella apertura mi vidi entrare, prima i visi stupiti del pubblico intorno, e immediatamente dopo l'espressione delusa, sconcertata, vergognata, contrariata, offesa, arrabbiata... del mio povero caro, mio caro che, staccando la bocca dal flauto bianco, interruppe la solennità del concerto dedicato a suo padre.

Quante volte ho rimpianto quell'occasione musicale, e quante volte avrei voluto chiedere scusa al mio piccolo grande musicista, sicuramente tutte le volte che uno sbadiglio, mio o suo, riportava alla mente quella mia scortesia.

Con il tempo, la mia voglia di riparare il torto divenne la scortesia lunga e muta che si lasciò coinvolgere dal timore, sì, timore di non trovare il tempo e la parola per esternare un dispiacere per il dispiacere recato. Però, giuro, avevo deciso che basta, perché una volta per tutte, quella stupidaggine cresciuta fino a diventare preoccupazione doveva essere chiarita, affrontata, tanto che avevo persino fissato la serata per esibire il sospirato chiarimento, e tutto sarebbe successo se un destino di merda non avesse mandato all'aria la sospirata occasione. Quando lo rividi, non c'era più nessuno sbadiglio da chiarire, perché mio figlio era già entrato nel silenzio del funerale...

Dio mio! Com'era bello mio figlio! Ma bello, bello, bello...

Bello come quell'angelo che si è sempre immaginato e mai incontrato!...

Bello come una stagione che si sveglia con la voglia del fiore!

Bello come un tramonto quando sta per essere ingoiato dalla notte!...

Bello come l'incantesimo poco prima di essere ritirato dalla magia!...

Bello come una canzone che nessuno potrà mai più cantare!...

Bello come una lettera d'amore che nessuno potrà mai più scrivere!...

Bello come un concerto che nessuno potrà mai più suonare, perché dopo di lui... soltanto il silenzio!...

Bello come un gioiello, un castello, una spada nella roccia, un burattino che ha perso i fili, o bello come l'acquisto di una fiaba che nessuno potrà più raccontare! Raccontare...

... Sì, com'era bello mio figlio, bello dentro quel vestito crema che gli avevo visto indossare solo per il matrimonio di un cugino, bello dentro la camicia bianca ricamata, la mia cravatta nera, bello anche con quella pettinatura piatta da bravo ragazzo fattagli da chissachì. Bello, stupendamente bello, e anche tristemente stanco, proprio come un guerriero che ancora prima d'incrociare la guerra, si è dovuto arrendere per aver smarrito la battaglia! Sì, era bello il mio ragazzo, più bello di qualsiasi modo di dire, più bello anche della solita retorica che per addolcire una partenza racconta di una morte che: "*pareva dormire*", il mio ragazzo dormiva davvero, altroché se dormiva, tanto che ogni tanto mi veniva su la voglia di dire: "*Ssst! Insomma! Silenzio! C'è mio figlio che sta dormendo!... Un po' di creanza, no! E che diamine...*"

Quanta gente che c'era, lo so perché ricordo di aver stretto tante mani, mani senza espressione e senza impressione, con addosso solo la voce del cordoglio e l'avviso di presenza! Solo tempo dopo mi avvisarono che quel giorno c'era la folla, e io ne fui contento due volte, primo perché l'importanza degli "estremi addii" si misura dietro la partecipazione, e secondo perché mi sarei sicuramente straziato un'altra volta nel venire a sapere della squalifica di una cerimonia senza corteo.

I funerali sono momenti interessanti, certo, interessanti anche per chi non è direttamente interessato al saluto, perché comunque sono motivo di un'importante funzione sociale, visto che ai funerali ci si rincontra, si mettono da parte gli asti, ai funerali si usa la creanza rispettosa della voce bassa, non si bestemmia, si diventa tutti più buoni, ai funerali, in certi usi, appena espletata la preghiera, si saluta il motivo del ritrovarsi con l'onore di una mangiata e una bevuta, e tra un respiro e l'altro, si commenta la figura dello scomparso...

"Santo Dio, che colpo per la famiglia!... Sentite, chiamiamo vino bianco o vino rosso?..."

"Ho sentito dire che era tanto un bravo ragazzo!... Cameriere, mi raccomando, la mia fettina, ben cotta!..."

"Che disgrazia! Ma non era meglio se capitava a qualche anziano?... Ehi ragazzi, avete provato le grappe? Vi consiglio quelle al mirtillo!..."

Mamma mia, quanti, ma quanti di quei fiori, di tutte le specie, di tutti i colori... Garofani bianchi, garofani rossi, minuscole rose gialle, fiori di campo, gigli innocenti, margherite con la castità del petalo intatto, tutti omaggi che entravano esibendo il profumo della vita, e che un minuto dopo, vigliacchi, si piegavano e prostituivano all'odore dell'incenso, e io, che i fiori non li avevo mai capiti ma comunque sopportati, quel giorno ricordo di averli odiati con entrambi i rovesci del cuore, odiati fino a sentire forte il bisogno di calpestarli, bruciarli, oppure mangiarli e poi sputarli in faccia a qualche compleanno che cresce, o all'urgenza di qualche anniversario che vuole sfidare la memoria, oppure contro il movimento viscido e innamorato che si esibisce con la cavalleria del gesto! Dio, come sono stupidi i fiori!…

Ricordo anche il prete, triste, nero, che con la schiena piegata e la voce bassa ci spiegò il dolore della morte con la felicità del Cielo, e con voce un po' più alta ci consolò con la vittoria del Paradiso Eterno! Rammento che per non cadere in tentazione di una rabbia per niente cristiana, rifiutai l'ascolto, lasciando che la funzione si perdesse in quell'omelia incomprensibile, e fu così fino a quando il prete, con il fiato sottile della fine, arrivò alla conclusione del… *riposa in pace! Ame…*

No! No, no, no… No!… NO! NOOOO…
Così avrei voluto gridare…

NO! NO! NOOOOO!!!!… Vi prego, vi prego tanto, ancora un momento, giusto il tempo di dire una cosa al mio caro, guardate, faccio subito, mi bastano solo cinquant'anni! Cinquant'anni per convincerlo a svegliarsi, perché dietro i suoi occhi chiusi continuava a girare lo spettaco-

52

lo che io e sua madre gli avevamo prenotato, uno spettacolo di piccole cose che sicuramente aveva visto, ma non capito, come ad esempio la banalità di un sole che sorge, di una pioggia che bagna, un inverno che stringe, un temporale che protesta, una primavera che scrive, e dirgli delle salite che si alzano, le discese che si vincono, gl'inciampi che sospirano, le vittorie che respirano, oppure soffermarmi sulla sospensione ansiosa di un anticipo, la rincorsa ansimante di un ritardo, un giorno avanti, un orologio indietro, e un labirinto pieno di forse, quando, pressappoco e chissà, frammenti di tempo che non saranno più frammenti e che toglieranno il piacere di una compagnia che canta, due voci che discutono, un contrattempo che litiga, una lacrima che scende, un sorriso che l'asciuga, ma soprattutto vorrei spiegargli quanto sia importante per un bene, amare, sì, amare, perché se qualcuno o qualcosa gli toglie l'intenzione, allora facile che lui si arrabbi e si trasformi nella vendetta del dolore, cristo, e che dolore...

Sì, lo so, se avessi urlato, se avessi detto, implorato, sicuramente il prete, la gente, e le mani senza volto, mi avrebbero esortato alla calma della rassegnazione, e poi, come da prassi, mi avrebbero invitato a farmi coraggio, tanto coraggio!…

MA COSA C'ENTRA IL CORAGGIO! Cosa c'entra con la paura di stare male, o col terrore che scuote i sentimenti e che con la forza del dramma avvisa la solitudine di avere tolto la compagnia di un figlio! FIGLIO UNICO! CAZZO!… Unico come il cuore che tiene in vita la vita, o come un amore che si distrugge e non si potrà più imitare, unico come una coscienza che non si può fuggire e sostituire, unico come lo specchio che non riflette più l'affetto, o unico come lo strazio di un bene che c'è ma che non puoi più stringere, toccare, accarezzare… FIGLIO UNICO! U-NI-CO!

Senso unico!… Se continuo a guidare col pensiero, fidandomi dell'automaticità del gesto, qui finisce che un giorno o l'altro finisco dritto, dritto, dentro il sorriso compiaciuto di qualche vigile urbano!

"Prego, favorisca patente e libretto!… Lo sa che stava superando i limiti di velocità?…"

E io, tranquillo, gli favorirei la patente, e poi il libretto, il triangolo, la ruota di scorta, e per dimostrargli il rispetto per la divisa gli favorirei anche un'interpretazione timorosa, e poi gli favorirei la scusa più stupida a disposizione, qualcosa che assomigli al *"Non me ne sono accorto!"* o al *"L'anno scorso non c'era!"*, e poi ancora, gli favorirei la contrattazione sulla somma del castigo: dieci più, dieci meno, pago in contanti! Poi, alla fine della pantomima, prima di ripartire con la mia distrazione, direi al sorriso del vigile, che...

Guardi che non passano mica da qui, sa, no, no... i ragazzi che s'invalidano, sfigurano e massacrano, sfrecciano sulle strade grandi, importanti, dove gli acceleratori ingoiano l'asfalto, dove i rettilinei giocano a travestirsi da curve, e dove i freni fischiando firmano gli autografi della tragedia!... Lì, sì, bisognerebbe andare lì, dove i nostri ragazzi s'incastrano e non tornano più indietro...

Me l'avevano detto anche quelli dell'autorità giudiziaria, e anche l'avvocato, che, quel giorno maledetto che non si è scordato di succedere, mio figlio e il suo amico avevano accuratamente evitato la solitudine dei "sensi unici", per dedicarsi invece al viavai affollato dei rettilinei a "doppio senso". Mi hanno detto che probabilmente giocavano! Ma, porca puttana, ma giocavano a cosa?… Giocavano, alle due del pomeriggio, ad alzare le marce, a contare i sorpassi, a scandire con la testa fuori dai finestrini la velocità di un'euforia… 110! 115! 120! 125!…

Alle due del pomeriggio? Ma, ma cos'erano… ubriachi, drogati, disperati…

130! 135! 145! 150 e… BUM! BUM! BUM! CENTO VOLTE BUM!

Mio figlio non era né ubriaco, né drogato e né fumato, non gli serviva, lui stava bene di suo! Però, mettiamo che fosse, per caso, questo darebbe un senso alla sua morte? E cosa, adesso si muore per categorie? E se sì, quel "senso" spetta solo alla colpa del passeggero? Mentre al privilegio dell'autista ubriaco, drogato, fumato viene risparmiato l'orrendo destino del… Curva… palo… schianto… ospedale… niente da fare?… No perché, il suo amico guidatore, intendo la colpa del colpo, pagò solo col prezzo di una ventina di fratture sparse, un trauma cranico, una breve sosta al reparto di Rianimazione, e l'opportunità di farsi abbracciare e vivere ancora…

Ma dico io, non era meglio se quel giorno, sì, quel giorno... a guidare fosse stato mio figlio?...

Una settimana dopo il funerale, i genitori di Ferri Jacopo, il colpevole del colpo, ci scrissero una lettera per esternarci tutto il loro cordoglio per la tragedia avvenuta. Tra le righe di una calligrafia chiara e allineata, la famiglia Ferri ci fece sapere la storia del loro cuore straziato, ci aggiornò sulla sofferenza e la conta delle loro lacrime quotidiane, e dopo le solite parole di circostanza da dedicare alla fatalità del destino, sottolinearono e risottolinearono la portata del loro immutato dolore, un dolore che sicuramente avrebbero scontato ogni volta che, guardando gli occhi del loro figlio, avrebbe rivissuto il grande e impareggiabile ricordo del mio amato.

Io, dalla mia, presi carta e penna e risposi che, viste le diverse situazioni, condizioni e disperazioni, nessuno poteva permettersi di gareggiare sull'intensità di uno strazio, e meno che meno gareggiare sulla quantità delle lacrime versate, perché i nostri conti col dolore non avevano confronto, e in quanto al destino e alla sua inspiegabile fatalità, gli rammentai che l'unica cosa certa e assodata era che, la forza di dimenticare, era sistemata nella loro proprietà, nella miseria dei nostri averi invece solo il silenzio cieco di un'assenza, e la tortura di dover sopportare un figlio che non crescerà mai più, mai più, mai più...

La lettera, dopo essere stata accuratamente intestata e affrancata, l'ho appoggiata dentro un cassetto, e oggi sono quattro anni che aspetta di essere spedita.

Visto che non lo poteva fare lui, fui io, dopo due mesi dal fatto, ad andare a trovare il figlio dei Ferri, la colpa del colpo, l'amico di mio figlio! Fu una visita senza preavviso, conscio che la sorpresa li avrebbe e lo avrebbe messo in agitazione. Fu una visita che travestii con la recita della cortesia, presentandomi alla porta con l'esagerazione di un cesto floreale e l'ingombro di una confezione dolciaria, omaggi che sollecitarono l'evidenza di un grosso imbarazzo.

Il ragazzo, con l'agilità dei suoi vent'anni, era ricoverato su una carrozzina, ed era impedito nei movimenti da un busto ortopedico che doveva riparargli la frattura di due costole, oltre che da un'ingessatura sulla gamba sinistra, che una lamiera, nello schianto, aveva inutilmente tentato di tranciare. Addosso portava ancora i segni della giravolta, soprattutto sulla testa, dove una cucitura si lasciava contare una ventina di punti. Io presi una sedia, la più alta possibile, e come un Giudice mi accomodai davanti a lui, a lui che con un'ansia da imputato si contorceva le mani e delegava l'imbarazzo dello sguardo all'ispezione del pavimento. Per una decina di minuti, andò avanti a scrutare e sudare, e io a frugare nella testa il milione di cose che avevo giurato di chiedergli, mi bastava trovare l'inizio, un inizio potente come il gancio di un punto di domanda, e buono di bastonare quel tormento doloroso. Però, dopo aver tanto cercato, alla fine uscii con un banalissimo: *"Come stai?..."*

Il giovane sollevò la testa, dedicandomi finalmente l'onore dello sguardo, uno sguardo ammalato di paura che andava, tornava, sollevava, poi riabbassava, uno sguardo che, accidenti a lui, non parlava! Ma perché non parlava? Non rispondeva? Ma cosa cazzo pensava? Cosa...

"Io... io..."

... Come sto, signore?... Guardi, una sofferenza continua, signore, anche se il dolore che mi arriva mi sembra ancora troppo poco, signore! Ho voglia di essere vigliacco, signore, e spero sempre che l'incubo termini tra un minuto, signore! Vorrei tanto chiamarmi con un altro nome, signore, e vorrei vivere lontano, signore, in cima a una montagna, signore, tra gli spiriti e le capre, signore, e in questo momento sorprendermi di averla incontrata, signore!... Mi sento una merda, signore! Mi sento come chi ha perso l'amico migliore, signore, e si sente la causa, signore! Mi sento un assassino, signore!... Signore, vuole la mia vita? La prego, la vuole?...

"E allora?... Hai perso la lingua?..."

"No, no, è che sono, sono... Ma lei?... Lei... lei come sta signore?..."

"Io... come sto?..."

... Io sto, come mi hanno raccomandato di stare, più tranquillo possibile, però, non è mica facile sai, no, non è facile... Dimmi, cosa vorresti che ti dica, che sono felice che tu sia ancora vivo? O preferisci il tono rassegnato di chi ha perso il figlio a "testa e croce", e adesso non sa chi ringraziare, se te, il destino o la sfortuna del gioco… *Eh no caro mio, perché io non ci riesco sai, con tutta la più buona volontà, ma io non ci riesco! Capisci che non ci riesco!?…*

"… be', come vuoi che stia, con una bastonata così, non è facile!… Tu piuttosto, quand'è che ti rimetti in piedi?…"

"In piedi?…"

… in questo momento, spero mai, signore! Spero di rimanere immobilizzato su questa carrozzina, signore, immobilizzato fino a quando il dolore di suo figlio non sarà passato, signore, o fino a quando uno schianto d'automobile non la smetterà di girarmi nell'incubo, mentre il rumore di un clacson suona l'urlo spaventato del mio amico, signore!…

"… i medici dicono ancora tre mesi, il tempo di togliere il gesso, poi i punti, la riabilitazione…"

"Ah! Capisco…"

… e così ti concedono anche la riabilitazione! Complimenti a tutti! E magari ci sarà anche qualcuno pronto ad applaudirti e a commuoversi sulla riuscita del tuo primo passo, il secondo, il terzo… Bravo, bravo… e bravo il nostro ragazzo!… Cazzo! Fosse per me ti concederei solo i

ginocchi, sì, quelli del pentimento! O così, o in carrozzina…

"… e dopo, dopo cosa hai intenzione di fare?…"

"… Mah!… In questo momento non lo so, ho una confusione in testa… Certo, non voglio dimenticare…"

Macché, non è vero, no… Io voglio, adesso, anche subito, cancellare e poi aprire quella porta e andare a riprendermi i miei vent'anni! Voglio andare a ballare! Voglio baciare una ragazza! Voglio tirarmi un "cannone" in compagnia! Voglio cantare con tre litri di vino in corpo! Voglio tuffarmi dentro il mare! Voglio sfidare la vita e rimettere la testa fuori dal finestrino! Io voglio girare la pagina del "mi dispiace", e poi consumare il mio diritto di vivere, vivere! VIVE-REEE…

"… Però, se ci riesco, vorrei tanto riassaporare il piacere per le piccole cose, una passeggiata, un bel libro, qualche volta il cinema!… Chissà, forse torno anche a studiare…"

"Le piccole cose!… Mi sembra una bella idea! Guarisci e… auguri per tutto!"

"Grazie signore, e… spero a presto… signore…"

Freccia a sinistra, svolta a destra, la "seconda" che gratta, la frizione che salta, il motore che muore... niente di preoccupante, sono piccole cose! Già... piccole cose! PICCOLE COSE!?...

Mio figlio stava frequentando il primo anno di università, indirizzo medicina, ora, c'è qualcuno che può negarmi l'ipotesi che, il mio caro, proseguendo, sarebbe potuto diventare il più grande medico del mondo? Dai, dai, forza, c'è qualcuno che mi risponde?... Mio figlio, andandosene, ha lasciato sul comodino il piacere di un libro aperto: *Il giocatore* di Dostoevskij, per caso c'è qualcuno che gli può far sapere il continuo della storia? Magari svelandogli l'esito dell'azzardo di Aleksej Ivanovič, oppure raccontargli che fine fa l'amore della giovane Polina Aleksandrovna, e la stupidità del generale? E l'eredità della vecchia zia Vasil'evna? Allora, c'è o non c'è, questo narratore?... Ah! Mio figlio adorava tanto camminare, sì, come il suo amico, e adesso che facciamo, gli spediamo qualche "passeggiata" dall'altra parte? Dimenticavo, il mio caro adorava tanto anche Julia Roberts, per caso c'è qualcuno che può provvedere?...

La mia creatura tifava per la Juventus, andava matto per le "melanzane alla parmigiana", faceva raccolta di schede telefoniche, spesso spendeva i pomeriggi davanti alla Play Station, amava l'estate, avrebbe tanto voluto un cane, parlava discretamente l'inglese, gli avevo promesso un viaggio in Inghilterra, dieci giorni, da solo...

Ora, c'è qualche sapienza che riesce a dirmi se dall'altra parte c'è l'Inghilterra, o se qualcuno conosce la ricetta della "parmigiana", se gioca la Juventus, se ci sono i telefoni, magari con le schede! Io dalla mia, spero tanto che l'inverno sia mite, che ci sia tanta estate, e che le donne assomiglino alle attrici americane, ma soprattutto, spero che ci siano i cani!

50! 60! 65! Massimo 66! Poi di nuovo 60! 55!... Siamo come pecore a quattro ruote che continuano a inseguirsi sulle vie dell'abitudine. Mamma mia, quante abitudini e quanti rettilinei che ho percorso da quella fatidica telefonata del maresciallo Marcello Giuffrida, e dico la verità, spesso consumati con la curiosità della curva!... Ma quanto ci vuole per raggiungere questa curva, forse basterebbe azzeccare la freccia giusta, e una volta inquadrata la direzione, con tutta la forza del piede, giù, spingere a manetta... 100! 110! 120! 150! E avanti, fino a quando la potenza del motore non trova l'abbraccio del dramma! BUM!... Parole, perché tra il "dire" e il "fare" c'è di mezzo il coraggio!

50! 60! 65! Quanta gente! Sempre quella! Sia che mi rechi in ufficio, sia che sbagli strada, sia che vada al cimitero, o come oggi, sia che vada in giro senza conoscere la meta, immancabilmente capita che mi trovo affiancato, circondato e scortato sempre dalla stessa gente. Sono tutte persone certe, sicure, che non grattano mai le marce, che conoscono bene le curve, e che sembrano indossare la tranquillità dell'indirizzo stabilito. Qui, trovi la stanchezza dell'operaio che sbadiglia in direzione di un riposo famigliare, la giovane signorina carina che rincorre l'attenzione dello specchietto retrovisore, le manovre a braccia larghe degli autisti d'autobus intenti a riempire il turno. Proseguendo, trovi il gomito con l'orologio d'oro che gira intorno alla solitudine dell'amante, la professoressa di matematica intenta a recitare lo sguardo severo del compito in classe, uno stereo che insegue una canzone, o l'immagine della bambina bella, bellissima, che agita la manina cercando una risposta al saluto...

Cazzo! Bisogna salutarli sempre, i bambini, non bisogna deluderli, mai, altrimenti succede che le delusioni decidano un giorno di farsi pagare la consumazione con la moneta sonante del rammarico! I bambini, i bambini figli, i bambini amore, bisogna ricordarsi di accarezzarli, sempre, stringerli sempre, baciarli sempre, anche a costo d'inventarsi l'occasione, perché, può capitare di chiudere improvvisamente un conto e di ritrovarti con la proprietà inutile di... un amore svalutato!

Quando la telefonata del maresciallo Giuffrida mi ridusse in miseria, vidi, nel sequestro dell'affetto, certe solitudini di mio figlio allargarsi come una colpa, sentii i pianti infantili che mi rompevano i riposi notturni ed ebbi voglia di morire d'insonnia, vidi la gioia di un "dieci" in matematica corrermi incontro, e la mia voglia d'abbraccio inciampare sulla delega frettolosa di una banconota data in premio! Vidi una sua febbre quasi a "quaranta" pregarmi di non andare a lavorare, e io, valutando la compagnia di un bene e la rendita della professione, lo salutai con un bacio veloce sulla fronte!

Oggi, tutti i baci che mi avanzano li appoggio sulle fotografie incorniciate sparse per casa, poi, appena mi assento, arrivano le lacrime di mia moglie che cancellano tutto! Già, mia moglie…

Mia moglie…

Alle 14.07 o 08 del 18 giugno 1999, appena la voce dispiaciuta del maresciallo chiuse la comunicazione, Carla si dimise dalla volubilità dello stato d'animo ed entrò nella rigidità della pietra. Pietra che non dice niente, non accenna, non esprime, non si agita, non urla, non protesta, non contesta, non maledice, e non consuma nemmeno il sacrosanto diritto di frequentare l'imprecazione.

Carla ti prego, una morsicata, una bestemmia, anche uno sputo… ma fammi sapere qualcosa, fammi sapere cosa provi, fammi sapere cosa senti, ti prego, ti prego…

Carla, ricevendo il corteo delle condoglianze, non tirò fuori neanche una lacrima, niente, nemmeno la piccola scossa di un singhiozzo, e anche al funerale, senza muovere un centimetro di pelle, offrì a tutti l'immobilità incomprensibile di uno sguardo fisso.

La gente sta aspettando, la gente ti sta guardando, Carla, piangi, dai, fai vedere a tutti com'è immenso lo strazio del tuo dolore! Ti scongiuro, piangi!

Niente, lei ebbe uno sguardo fisso per tutti! Sguardo fisso per il prete che per tutta la funzione evitò l'incontro, sguardo fisso per la gente che non riuscì a raccontare lo sfogo del suo dolore, sguardo fisso anche per il ricovero del nostro caro, e che rimase tale anche quando il ricovero fu coperto e tolto dalla nostra vista e vita per essere infilato sotto il viavai delle passeggiate.

È finita Carla! Vieni, andiamo via... Hai freddo? Vuoi la giacca?... Vieni sotto Carla, guarda che piove, così ti prendi un raffreddore... Attenta alla pozzanghera, la pozzanghera!... Ti sei bagnata tutta!... Carla...

Da quel giorno, nell'intimità della nostra solitudine, io non l'ho più vista né ridere e né sorridere, ma solo piangere, sì, piangere, e soprattutto sopra i baci che appoggio sulle foto!

Oggi, Carla, non esce quasi mai, i capelli se li taglia da sola e poi se li sistema col fiocco, neanche gli abiti gli interessano, ormai vive passando dalla vestaglia alla camicia da notte. La spesa se la fa mandare a domicilio, e il pane glielo compro io quando rientro dall'ufficio, anche in cimitero, sono due anni che non ci mette piede, lei dice che il dolore non ha casa, e perciò preferisce la delega di una preghiera verso la grandezza del cielo, piuttosto che piantare l'inutilità del fiore dentro la miseria di una tomba numerata stesa sopra la terra di nessuno!

Anche in casa, c'è, ma è come se non ci fosse! Se gli chiedo cosa abbiamo cenato ieri sera, non se lo ricorda più, perché, ormai, lei cucina senza cucinare, lava senza lavare, stira senza stirare, tanto che a volte, per tirarla fuori da quel suo niente mi viene voglia di prenderla e scuoterla, scuoterla più forte che posso, più forte che posso…

69

Carla, adesso basta, adesso mi hai rotto i co-
glioni! Guarda, ti do tempo dieci minuti per si-
stemarti, e metterti qualcosa di carino per uscire,
altrimenti giuro che questa volta, che questa vol-
ta... ti lego e ti porto fuori per forza! Guarda che
lo faccio eh, lo faccio?...

... ma so già che sarebbe inutile, talmente
inutile che non le riesco a tirare fuori neanche
la sorpresa per la mia incazzatura!
Persino le notti, per lei non sono notti, se è
vero che le consuma con la tortura degli occhi
aperti, e quando provo ad avvicinarmi per of-
frirle e per offrirmi il piacere di qualche carezza...

Che bella la tua pelle, sembra che si sia scor-
data d'invecchiare! Ti ricordi da ragazzi, passa-
vamo le notti ad ascoltarci la pelle!... Amore?

... lei non risponde, non riceve, e anche
quando la sfioro col bacio e la stringo con l'abbraccio, è la stessa cosa, lei non sta né per l'as-
senso e né per il dissenso, tanto che potrei sfogare il mio bisogno senza avere indietro una
reazione, però, per farlo dovrei dimettermi dal

giuramento del rispetto e offendere l'unione con l'imbarbarimento schifoso del maniaco! A volte, passo ore a guardarla, spiarla, e per tanto bene mi viene su la voglia di strozzarla, e se lo facessi, scommetto che lei non si accorgerebbe neanche!…

Solo una volta, un paio d'anni fa, sembrò che un colpo di vita si fosse ribellato a quella costrizione apatica, e con l'inconsuetudine di un'agitazione provò a scuotere la consuetudine apatica del letargo.

Eravamo accomodati sul divano, io preso dentro un fiume di parole di un libro che non sapevo bene dove mi stesse portando, e lei invece intenta a fissare l'incrocio delle spade saracene che da dieci anni occupavano la parete del soggiorno. Poi all'improvviso ho avuto la sensazione di sentire, lontano, vicino, una voce che stava dondolandosi dentro il piacere di una canzone, allora, subito controllai la radio, guardai la televisione, fuori dalla finestra, niente, e allora con uno scatto secco mi girai sulla mia sinistra, in direzione della sorpresa…

"Carla?… Carla?… CARLA!…"

Mia moglie, con gli occhi chiusi e con la testa leggermente appoggiata all'indietro, si era disegnata un piccolo sorriso sul viso, e da quella straordinarietà, si fece uscire, giuro, la magia di una canzone...

Passerotto non andare via... nei tuoi occhi il sole muore già...
Scusa se la colpa è un poco mia... se non so tenerti ancora qua...

"Carla! Carla..."

Ma cosa è stato di un amore che asciugava il mare
che voleva vivere, volare, che toglieva il fiato
ed è ferito ormai, non andar via...

Un miracolo! Era come se a un sordo avessero concesso la sorpresa dell'udito, così alla nostra casa, sorda come la morte, che improvvisamente aveva riacquistato la meravigliosa resurrezione dell'ascolto...

Carla, come quando girava la salute, aveva acceso la sua stupenda voce per riconquistare una vecchia voglia di canzone! Dio mio, lei una volta, prima di essere abbandonata dalla felicità, cantava sempre, cantava per darci il buongiorno, per servirci il pranzo, per stirarci le camicie, cantava in continuazione, anche dopo l'amore, quando con un bisbiglio musicale accompagnava la gioia del mio fiato lungo...

Ma cosa è stato di quel tempo che sfidava il vento
che faceva fremere, gridare contro il cielo
non lasciarmi solo no, non andar via, non andar via...

Era una delle canzoni che preferiva, e che cantava più di frequente, e che quando metteva in onda, come una malattia riusciva a contagiare tutti: la mia voce stonata, la voce della nostra dirimpettaia, la donna della pulizie, il postino, ma soprattutto il nostro caro, sì, lui che con piaceri rivolti al rock duro, dalle nostre melodie si era sempre dissociato! Però, per quella canzone di Baglioni, no, per quella melodia trasmessagli involontariamente dalla madre, lui provava qualcosa che superava la vergogna. Mi ricordo il piacere che provai quel giorno, quando di nascosto mi misi a osservarlo in camera sua, mentre si stava tirando a lucido per un appuntamento importante, e mi offrì senza saperlo la gioia di quel ritornello infinito e innamorato. Chissà chi era quella ragazza...

SENZA TEEE... MORIREI,
SENZA TEEE... SCOPPIEREI
SENZA TEEE... BRUCEREI... TUTTI I SOGNI MIEI,
SOLO SENZA DI TE, CHE FAREI, SENZA TE, SENZA TEEE...

Spinta da quell'acuto, Carla si alzò dal divano e prendendomi le mani m'invitò a raggiungerla nel giro dolce di un ballo. Ballammo in soggiorno, in corridoio, passammo in cucina, ribaltammo un vaso, due sedie, e a ogni giravolta il mio stupore e la mia emozione azzardavano la vecchia abitudine del bacio, un bacio sulla mano dell'accompagnamento, un bacio sulla fronte senza pietra, un bacio sulla guancia piegata a sorriso, un bacio sul profumo del collo...

Sabato pian piano se ne va, passerotto ma che senso ha,

74

*non ti ricordi migravamo come due gabbia-
ni...*

Giro e bacio, bacio e giro, giro e bacio... e
quando arrivammo in camera da letto, con tutta l'emozione che avevo in corpo, provai ad ac-
cordarmi all'esaltazione della canzone e a lan-
ciare una mia proposta...

"Carla?... CARLA?..."
"Sì?..."
*... e le tue mani da tenere, da scaldare, passe-
rotto no, non andar via...*
"... mi dicevi qualcosa?..."
"Sì, volevo dirti che, sì... insomma, che...
CARLA!... E se ci provassimo ancora?..."
*"SENZA TEEE... MORIREI!... SENZA
TEEE... SCOPPIEREI!...* Scusa, non capisco,
ma se provassimo... cosa?..."
"Be', abbiamo quarant'anni, siamo ancora
in tempo, no?... Dai, chi ce lo impedisce, rico-
minciamo tutto daccapo! Carla! Ricomincia-
mo con un figlio!... Che dici? Ah! Un figlio..."
"SOLO SENZA DI... Figlio?... Nooo...
macchina... due ore fa... velocità... curva..."

75

ospedale... niente da fare! Mi dispiace!... Oh quanto mi dispiace!... Mi dispiace, mi dispiace, mi dispiace, mi dispiace, mi..."

Carla si licenziò immediatamente dal canto e dal ballo e tornò ad accomodarsi sul divano, e lì, con la litania del dispiacere, riappoggiò lo sguardo sull'incrocio delle scimitarre! Io, sapendo che come cinque minuti prima non c'era più niente da dire, mi accomodai vicino, e stringendole la mano senza risposta, puntai i miei occhi sul suo stesso incrocio, e sulla parete, tra una lama e l'altra, provai a leggere il rifiuto di mia moglie...

... io voglio... MIO FIGLIO! MIO FIGLIO! MIO FIGLIO! IO VOGLIO SOLTANTO MIO FIGLIO! MIO FIGLIO... mio figlio! Mio figlio...
Cosa me ne faccio di qualcosa che non sia la mia creatura, cosa!... Dai, dimmi, dimmi cosa ce ne facciamo di un altro figlio, gli mettiamo lo stesso nome? Gli obblighiamo la stessa pettinatura? Lo vestiamo uguale, uguale, al nostro caro? Gli mettiamo un apparecchio sui denti per farlo ridere allo stesso modo? Oppure, se nasce

76

con la "erre" moscia gli mettiamo una pietra in bocca? E se nasce con gli occhi celesti, c'inventiamo qualche correzione marrone? Se nasce mancino, dai, cosa facciamo, gli leghiamo il braccio dietro la schiena?... E dimmi, dimmi un'altra cosa, se gli piace il calcio e al posto di quella squadra lì, come si chiama...

"La Juventus..."

Sì, quella, lui si appassiona invece, che ne so, del Milan, che fai, lo disconosci? E se detesta gl'inglesi? E se non ama i cani? E se non gli piace il cinema? E se sputa la melanzana? E se bacia in un altro modo? O peggio ancora, se dopo averlo lavato, curato e amato, questo ci riscappa sopra un altro incidente? INSOMMA!... Ma chi lo vuole questo figlio, chi, io no, NO!...

Io voglio solo e soltanto mio figlio... MIO FIGLIO! Un figlio che tu non mi puoi dare e che io non posso avere, e che nemmeno il Dio lassù mi può più procurare!... Ormai è perso, esaurito, consumato... Oggi, l'unica cosa che rimane, è quella di sopravvivere arrangiandosi con le ombre dei rumori!...

"Le ombre dei rumori?..."

Certo !… Le senti?… Sssst! Sono le sue scarpe di ginnastica, perché tra poco deve uscire per la solita corsa giù ai giardini!…

Attento a non sudare troppo, che con questi giri d'aria rischi una bronchite! Mi raccomando, non fare tardi eh, che a mezzogiorno in punto metto in tavola!… Ti serve qualche soldo? Ce l'hai la carta d'identità? E il fazzoletto?… Vai piano… vai piano…

A mezzogiorno metto in tavola! Vai piano, vai piano…

Ormai sono due anni che nostro figlio infila le scarpe di ginnastica e poi scende a fare una corsa giù ai giardini. Sono due anni che deve stare attento ai giri d'aria, non scordare le chiavi, la carta d'identità. Sono due anni che, anch'io, oltrepasso le lame saracene e gli vado dietro, magari per accontentare la madre che mi prega di portargli il fazzoletto che si è dimenticato, poi, una volta arrivato ai giardini, col permesso del delirio materno e l'approvazione di una gioia paterna, assisto al passaggio dei fiati pesanti!

A volte mi siedo sulla panchina e usurpando la pazienza del pensionato, distribuisco briciole di pane alla fame dei colombi, poi, per non scivolare nel sonno della noia, conto la sfilata dei giovani corridori. Ormai li conosco a memoria, tanto che certe volte mi viene voglia di fermarli, e col lasciapassare della confidenza, chiedergli...

Mi scusi bel giovane, potrebbe sedersi qui vicino, e per dieci minuti fingere di essere mio figlio?... La prego, guardi, giusto il tempo di sapere come le va a scuola, o sapere della sua ragazza! Com'è, è carina? E da grande, cosa vuole fare da grande? Oh! Ma guardi com'è sudato, vuole che le vada a prendere una bibita? No? Sta bene così?...

Se non temessi la giustizia di un rifiuto, giuro che li fermerei! D'altronde, poverini, che ne sanno loro dei miei bisogni, loro che non sono mai stati padri, madri, o i destinatari di un dolore che non si riesce a spiegare!

Il dolore di una perdita non ha misura, dimensione, lui è grande e lungo come tutta la disposizione che trova, disposizione che prima diventa invasione, e poi alienazione, soprattutto quando per non ammettere la scomparsa, sei disposto a vivere anche un'assenza. In quell'assenza, quello che pesa di più non è la mancanza fisica, ma il rendersi conto di essere stati privati della sciocchezza importante delle piccole cose…

Sì, l'emozione delle piccole cose che m'impediranno per sempre di sentire un suo starnuto, il salto di un singhiozzo, di trovare un suo calzino sporco per casa, di non potere più riempire l'euforia tintinnante del suo salvadanaio, non potere accarezzargli i capelli, chiamarlo da una stanza all'altra, chiedergli che ora è, e non potere più misurare le sue spalle che superano le mie! La grandezza delle piccole cose, quelle che oggi mi fanno sapere che mi è stato tolto il privilegio di fermare la gente per poter vantare l'orgoglio della sua presenza, sapere che non ci sarà più nessuna macchina fotografica che potrà immortalare un nostro abbraccio, e nessun capello bianco che potrà raccontargli la mia vecchiaia, e che nessuna ansia materna potrà più cercarmi al telefono per soffiarmi nelle orecchie la preoccupazione di una nota o di un ritardo! Basta! Chiuso! Perché le piccole cose, più ancora che l'urlo dell'evento, riescono a spiegare e dimostrare l'immensa tragicità del "mai più", trasformando la quotidianità nell'espletamento di un castigo, un castigo che più si consuma e più prenota il futuro con la pesantezza del suo conto!

Mi raccomando, non fate tardi, che a mezzogiorno metto in tavola!...

Io, senza che lei protesti mai niente, spesso arrivo all'una, o anche alle due, dipende da come metto la freccia e da come sbaglio il tragitto, e mentre sono in bagno che mi lavo le mani, le urlo sempre la stessa richiesta: *"Cara!? Oggi cosa si mangia?..."*, sapendo benissimo che puntuale mi arriva la risposta con l'identico menù: *"Melanzane alla parmigiana!"* Quando mi accomodo a tavola, trovo il piatto pieno di rigatoni al burro, o risotto al sugo, minestrina in busta, oppure qualche affettato buttato lì alla rinfusa. Carla, inutile a dirlo, apparecchia per tre!

Certe volte ho come l'impressione di non farcela più e mi viene voglia di chiedermi che senso ha starmene ancora qua, qua a rotolare ogni giorno nello stesso giro, e farlo senza poter respirare neanche un filo di speranza, perché tanto le storie non risuccedono!

No, non ha senso, questa fatica non ha senso... Buongiorno e poi silenzio! Ufficio e poi silenzio! Cimitero e poi silenzio! Carla e poi silenzio! Le lacrime e poi silenzio! Buonanotte e poi silenzio!

Certi giorni vorrei tanto congedarmi da questo mio ruolo di padre senza figlio, o di marito senza moglie, e con le dimissioni in mano illudermi di andare sopra un'altra storia...

"Domenica si va tutti al mare!"
"Dai, forza, un braccio di ferro con papà?..."
"Amore, fatti più bella che puoi, che stasera ti porto a cena fuori..."
"E allora, si va a vedere 'sta partita o no?..."
"Posso dirti una cosa?... Ti voglio tanto bene!"
"Posso dirvi una cosa?... Vi voglio tanto bene!"

Sì, lo so, ho detto una stronzata, ma con un dolore in corso, su che intelligenza potrei mai sperare?...

Mi raccomando, non fate tardi, che a mezzogiorno metto in tavola!...

No, oggi non ho voglia di andare a pranzo, non ho nemmeno comprato il pane. Tanto, anche se non vado a casa, sono sicuro che Carla sparecchierà ugualmente! Oggi, non so perché, ma ho tanta voglia di rumore, sì, di tanto rumore...

Oggi in ufficio, me ne sono stato con le mani in mano e ho guadagnato lo stipendio ascoltando le barzellette dei colleghi, che stranamente mi hanno fatto anche ridere! All'uscita mi sono fermato al bar dell'angolo, e ho ordinato un cognac con supplemento rumore, ed era così buono che sono andato in seconda, terza... Più bevevo e più mi veniva voglia di parlare, e allora, già che c'ero, ho raccontato la storia di mio figlio! C'era tanta gente, c'era tanto cognac, e c'era anche tanto rumore...

No, oggi non vado a pranzo, e non vado neanche a casa!

Oggi, dopo tanti anni, partendo con la macchina, ho acceso l'indicatore di direzione esatto, e cioè, freccia a sinistra per andare proprio a sinistra! Sono felice!

Anche la strada, oggi mi sembra meno rettilineo affollato e molto più curva disponibile a scoprire una sorpresa, così che il piede può togliersi la soggezione dell'acceleratore, e dopo tanto supero l'abitudine dei 65!...

Con la testa fuori dal finestrino provo a contare i sorpassi, a scandire l'euforia dei 100!... 110!... 120!... 125!... No, oggi non vado a pranzo, oggi...

4

LA FAMIGLIA STARNAZZA

La famiglia Starnazza era una coppia normale. Nessuno degli inquilini del palazzo aveva mai trovato qualcosa su cui sparlare, per uno screzio o un'azione fuori posto, niente. Non un tappeto sbattuto fuori orario, né un rumore che provocasse il disturbo: erano educati fino all'eccesso, con sorriso, saluti sulle scale e precedenza agli ascensori compresa. Insomma, anche a volerci ricamare sopra, neanche uno straccio d'indizio per accedere al diritto di un pettegolezzo.

Per tutti, lui era Clemente, di nome e di fatto, e lei Maria Pia: idem, come il congiunto.

Clemente faceva il macellaio, o meglio, lo squartatore al macello: lavoro sporco ma onorato, che per gli appetiti del mondo qualcuno deve pur fare. Lo pagavano a pezzo, o, più esattamente, a sette euro per bestia. Guadagnava discretamente, il suo ritmo era infatti di dieci uccisioni al giorno.

Maria Pia faceva la casalinga a tempo pieno, perché sin da piccola quello le avevano insegnato. Era un tipo metodico: sabato, pollo e patatine al forno, martedì lavatrice, giovedì stiratura, domenica Santa Messa e fiore al Camposanto. Anche durante le giornate praticava l'uso degli appuntamenti fissi: ore sette, sveglia e preghiera del "buongiorno"; ore dieci e trenta, pane, prosciutto e lettura di fotoromanzi: ore quattordici e venti, telenovela: ore diciannove, cena silenziosa con il consorte; ore ventuno e trenta, ulteriore preghiera e buonanotte al giorno.

Avevano entrambi cinquant'anni e nessun figlio: tutto per una questione di rimandi. Anno sposta anno e quando decisero per il sì ormai era troppo tardi, così per riempirsi l'affetto mancante ripiegarono su un cane. Era un bastardino nero, lo chiamarono Birillo. Il bastardino riuscì a mangiare gli ossi del pollo per due sole domeniche, poiché alla terza con la vivacità del cucciolo scappò, per finire sotto le ruote di un'auto. Da quella volta, niente più animali, e niente più affetti supplementari in casa.

Era una coppia normale e anche molto innamorata. Lui amava lei e lei amava lui: solo che *lei* non era Maria Pia, e *lui* non si chiamava Clemente. Gli intrecci sentimentali erano diversi: infatti erano innamorati per conto loro. Lui da anni si era infatti giurato a Margherita Sponza, un'amica d'infanzia, fioraia ambulante con esercizio sito fuori dal cimitero. Maria Pia invece, aveva dedicato il suo cuore a Nando Sciortino, lo spazzino che da oltre quattro lustri scopava la strada sotto casa. Erano grandi amori, però, abbastanza improbabili, visto che i destinatari ne erano completamente all'oscuro.

Una coppia normale, così almeno sembrava, perché dentro casa era tutta un'altra storia. Nell'intimità del loro appartamento covava un continuo e incessante disturbo. Disturbi sciocchi e senza riposo, con l'attenzione scrupolosa di costruirli senza scalpore, rumore, insomma: farsi del male e poi sorridersi.

Un esempio? Mettiamo che Maria Pia, per uscire dalla solita vita, una sera gli dicesse "Mi porti fuori a cena?" Lui, con gentilezza estrema, prendeva sedie e tavolo e apparecchiava sul balcone.

Se Clemente si comprava un vestito nuovo e tornato a casa chiedeva alla consorte "Mi accorci i pantaloni?" lei con meticolosa cura, li tagliava fino a farli corti come calzoncini da spiaggia. Erano dispetti che scartavano i lamenti, vissuti nel tacito accordo dell'"Oggi a me, domani a te".

Sì, senz'altro i coniugi Starnazza formavano quella che si chiama: una coppia normale, almeno, era così fino a un mese fa, quando...

Da qualche giorno i signori Clemente e Maria Pia non frequentavano più il sorriso e il saluto sulle scale, tanto meno li si vedeva davanti agli ascensori a dare la precedenza. Da qualche giorno erano completamente spariti dal viavai inquilino, e quest'assenza diede il via alle prime fantasie tra i piani.

Partì per prima la signora Jole Pastoricchio del terzo, che raccontò di aver visto non so quante volte il signor Clemente sorridere alla fioraia ambulante del cimitero. Poi, come ogni successione inquilina che si rispetti, pettegolezzo chiamò pettegolezzo, così qualcuno ammise di averli visti anche passeggiare assieme. Altri ancora giurarono di aver visto, tra i due, tutta una serie di baci furtivi e di carezze sporcaccione, tra le tante si sentì anche una voce anonima che azzardò di averli spiati mentre facevano l'amore in macchina. Schifosi!

Naturalmente era tutto falso. Ma, tanto faceva, c'era una gara di parole e chi la sparava più grossa avrebbe poi vinto per mesi l'invidia degli altri. Ormai la fantasia aveva rotto gli argini e, per non essere da meno, intervenne la signora Alma Matarelli del quarto: con voce importante svelò che erano giorni e giorni che stava dietro all'uomo dal saluto facile, e dal sorriso troppo educato per essere vero. Così, dopo vari appostamenti, finalmente l'aveva osservato non vista, mentre, tre o quattro giorni prima, con fare circospetto, buttava l'immondizia nel bottino. Niente di anormale, Clemente era una persona educata e lo faceva da anni ogni mattina, se non fosse stato che il sacchetto era sporco e gocciolante. Qualcuno, per invalidare il colpo, obiettò che il signor Clemente faceva il macellaio, ma la signora Alma, da consumata pettegola qual era, schivò il montante avanzando la tesi ironica che: "Non si era mai visto un uomo del suo mestiere portarsi lo straordinario a casa, magari macellando il bue in cucina!"

No, non era possibile, perciò la sua diceria aveva tutti i requisiti per essere trattata da verità. L'ipotesi diventò subito scia, così qualcuno assicurò di aver sentito provenire dall'appartamento Starnazza frequenti rumori di colluttazioni. Altri alzarono il piatto, testimoniando di essere stati disturbati sulle scale da un penetrante odore di sangue. Altri ancora spergiurarono di aver udito, nel silenzio della notte, soffocanti lamenti di donna.

Si sa che il sollecito immaginario ha calcoli veloci, così il sacchetto insanguinato, sommato alle grida della donna, diedero un risultato logico: la signora Maria Pia era stata assassinata, anzi, trucidata da quel porco di marito!

A quel punto scoppiò la sindrome del terrore; gli inquilini impauriti si barricarono in casa, quelli più coraggiosi, guardandosi bene dall'attribuirsi volto e nome, minacciarono vendette per il disonore recato al nome illustre dell'edificio. Molti pretesero l'intervento delle Forze dell'Ordine: sarebbe bastato che qualcuno avesse osato chiamare e dichiarare il proprio nome ma, nonostante le esortazioni degli altri, i volontari si guardarono bene dal fare un passo avanti. A sbloccare la situazione ci pensò la signora Matarelli che, camuffando la voce e spacciandosi per la coinquilina Pastoricchio, chiamò il commissariato per annunciargli l'accaduto con le testuali parole "Accorrete, che qui c'è una morta ammazzata!"

L'intervento fu immediato, il commissario Cosimo Ferraro arrivò sul posto a sirene spiegate. Insieme a tre giovani agenti si portò davanti all'abitazione incriminata: prima suonò il campanello, poi usò la cortesia del bussò e ribussò, e, non ottenendo risposta, minacciò i pugni sulla porta urlando tutta una serie di articoli di legge. Nell'euforia si lasciò scappare anche l'esagerato di numeri e paragrafi inesistenti, ma sempre buoni per sollecitare la paura degl'inesperti.

Dall'altra parte non arrivarono né rumori né risposte, e allora si decise per l'intervento dei pompieri, che arrivarono e scardinarono la porta.

Tutto era perfettamente in ordine, tende tirate e stirate, sedie accostate al millimetro, tavola pulita con tovaglia nuova e vaso con fiori finti sopra. E la morta ammazzata? Di lei non c'era assolutamente traccia.

Il commissario infuriato convocò la falsa denunciante. La signora Pastoricchio, disperata, protestò la sua innocenza, ma il tutore inflessibile le imputò il reato di azione calunniosa, per il quale era previsto anche l'arresto immediato. Ed era sull'atto di procedere che dalla cucina si sentì arrivare un urlo, quello dell'agente più giovane, Stefanin Ugo.

Come gli avevano insegnato alla Scuola Allievi, mai niente doveva essere lasciato al caso, e perciò l'agente Stefanin aveva frugato nei cassetti, sotto i tappeti, negli armadi, fino ad arrivare al frigorifero. Quando lo ebbe aperto, vide appoggiato sulla griglia un mucchio deforme di interiora di animale. Ora, non sappiamo se fu l'inesperienza o la suggestione, ma il giovane gridò "Dio mio, che orrore… questi… questi sono intestini umani!…"

Parola passò parola: la notizia uscì dall'abitazione, scese le scale, scivolò per la strada entrando nel bar più vicino. Lì si trovava un giornalista che, afferrata la notizia, la trasmise di corsa in redazione. Era già quasi notte e così il giornale uscì il giorno dopo con un titolo a caratteri esagerati: "MASSACRA LA MOGLIE PER AMORE DELLA BELLA FIORAIA".

Quelle parole, lette in un letto d'ospedale, causarono un nuovo e improvviso malore a due corpi già debilitati per tutt'altri motivi.

I coniugi Starnazza erano ricoverati da qualche giorno per una grave intossicazione alimentare, tutta causa di un pollo avariato, quello consumato come al solito di sabato. Si stavano riprendendo bene, ma ora, per quella notizia gridata in prima pagina, erano ricaduti in una crisi preoccupante. Ci pensarono i medici a tirarli su e, soprattutto, a informare le autorità preposte dell'incredibile abbaglio.

Anche se con qualche difficoltà, le cose cercarono di tornare a posto. Il commissario Cosimo Ferraro fu trasferito in Val d'Aosta; l'agente Stefanin Ugo lasciò la polizia e tornò a fare il contadino. Il giornale frettoloso cancellò il titolo strillato in prima con un trafiletto di scuse nell'ultima pagina, mentre il giornalista dello scoop fu dirottato alla rubrica "Giochi e Oroscopi".

E gli inquilini dell'edificio pettegolo? Be', per il fastidio causato dal sole e per il disturbo del buio chiusero per giorni e giorni le persiane delle finestre, persino le loro uscite per le spese alimentari diventarono un'incombenza vergognosa, così che per un certo periodo al disbrigo degli acquisti quotidiani ci pensò il garzone della bottega sotto casa.

I coniugi Starnazza furono dimessi una ventina di giorni dopo e, più impauriti che arrabbiati, giunsero nella loro via: era deserta.

La facciata della casa intera aveva le finestre sbarrate e pareva disabitata, anche se quasi si poteva sentire il rumore degli occhi che spiavano da dietro le tapparelle. Tutti gli abitanti della casa esercitavano i loro sguardi arrabbiati dalle fessure.

Ora è passato qualche mese ed è finito tutto. L'eco di una cronaca nera è ridiventata l'abitudine di una storia grigia, da tempo i coniugi Starnazza si sono trasferiti in un'altra città e la casa dei pettegoli ha potuto riaprire le finestre.

L'abitazione vuota è stata occupata qualche giorno fa da una nuova famiglia, per il momento non se ne sa niente, né nome né provenienza, però se ne dice un gran bene.

È una coppia gentile, fornita di sorriso e saluto sulle scale, e ha l'educazione di dare sempre la precedenza negli ascensori. Voci di pianerottolo sono tuttavia riuscite a farci sapere che lei fa la casalinga e lui, lui lavora all'obitorio...

5

UNO COME NOI

Era uno come noi, il tipo di persona che, cullandosi sopra l'altalena del tempo, fatica il giorno per guadagnarsi la notte. E si annoiava come noi, che ballavamo le stesse danze sopra le medesime domeniche e piangevamo il nostro niente dentro il solito lunedì.

Era uno come noi, noi che siamo cresciuti dentro la tradizione dell'identica storia, storia trascorsa tra lo strillo del biliardo e i silenzi della messa, sopra i pedali della bici e sotto un sogno che sognava col rumore del motore. Noi, cresciuti su con la convinzione che la nostra valle fosse uguale al mondo, e il mondo, come la nostra valle, vivesse la consuetudine dello sbadiglio. Solo il cine ogni tanto tentava di imbrogliarci con la bugia, ma appena si accendevano le luci, trattavamo quelle scene tagliate e incollate come la cronaca impossibile di un'assurda fantasia.

Noi pensavamo, anzi, eravamo profondamente convinti che lui fosse uno come noi, e invece un giorno, mentre eravamo occupati con il girotondo delle solite cose, ci smentì, e spaccando il nostro tondo ci dichiarò la sua partenza.

Quel giorno lo salutammo dentro l'immagine in bianco e nero di una foto scattata dal finestrino della corriera, mentre prometteva alla nostra invidia di spedirci tutte le immagini colorate della sua vittoria. Nel momento della partenza ci lanciò un sorriso che sembrava bestemmiare sulla nostra attesa, mentre un fazzoletto senza lacrime, strappatogli dal vento, finì sulle nostre facce sbalordite, rigide più della pietra.

Sì, era uno come noi, uno che faticava di giorno per guadagnarsi la notte sopra l'altalena del tempo. Uno che, per una questione di spinte sbagliate, ha trasformato l'azione della speranza nella delusione fatale del rimpianto, e come spetta al destino degli illusi, si è guadagnato l'eternità della notte senza poter più spendere l'opportunità del giorno.

Fu una chiamata del lunedì ad avvisarci di tornare alle nostre case e non aspettarlo più, perché tanto, ormai, tutto attorno alla nostra valle il cerchio dei monti offesi si era sollevato più alto di prima, impedendo a chiunque il rimorso del ritorno.

Ci rimandarono indietro tutti i suoi cassetti vuoti, perché i sogni che li avevano riempiti si erano dispersi lungo il viaggio. D'altronde, anche se ce li avessero restituiti, nessuno avrebbe osato riciclarli.

Lo predicavano anche i vecchi, che hanno ormai consumato il dondolio di giorni e notti e che possono soltanto logorarsi i pomeriggi seduti sopra le panchine della piazza – Sicura disgrazia per chi s'immischia con ciò che non esiste.

Non c'è niente da fare, noi siamo i figli della montagna, e quello dobbiamo restare, perché le nostre alture permalose, non si lasciano oltraggiare con le fughe, altrimenti possono rispondere all'offesa capovolgendo le proprie discese nella difficoltà impossibile delle salite. Proprio come il nostro amico, uno che si era convinto di avere sempre un sogno più degli altri.

Era uno come noi, uno che sopportava il sole per meritarsi la luna sopra il viavai del sogno. Ora noi, per non essere come lui, fatichiamo il giorno, e se non basta, ci sfiniamo anche la notte sopra l'altalena rigida della rassegnazione. Noi che teniamo sveglia l'attenzione per non scivolare nel sogno, e per questo, cadere poi dentro il castigo, perché il girotondo dei monti, con il suo cuore di pietra, non concede il perdono a nessuna fuga, no, nemmeno a quella che si prova a sfiorare col gioco sciocco del pensiero.

6

L'UOMO DEI COPERCHI

Sessant'anni, meno quarantatré passati dentro una catena di montaggio, quarantatré anni spesi a mettere coperchi sopra vasi di vernice.

Sembra impossibile, eppure per tutti quegli anni nessun'altra mansione, solo e unicamente il maneggio dei coperchi. Non perché fosse incapace di altri lavori, tutt'altro, il fatto era che nell'azione estenuante della copertura la sua velocità poteva sostenere ritmi impossibili per chiunque altro.

All'inizio il mestiere, oltre a sembrare noioso per quel suo continuo ripetersi, era anche faticoso perché i coperchi venivano pressati a mano: ma erano altri tempi. Oggi con quella mano basta spingere un bottone e poi usare l'attenzione degli occhi per il controllo. Al resto ci pensa un gigantesco robot, che con braccia d'acciaio dalla presa sicura afferra il barattolo, lo gira, lo esamina, lo pesa distinguendolo di tara, netto e lordo, quindi con la forza dell'aria compressa gli costringe la copertura; solo allora lo manda avanti, poi, ci penserà la supervisione del computer a selezionarlo per tipo, specialità e colore, a incollargli l'etichetta e via, in spedizione.

Quarantatré anni o, per essere più esatti, quarantatré anni meno un'ora: quello è il tempo che divide Anselmo Scarcini dal conseguimento della meritata pensione. Ancora sessanta minuti e poi timbrerà il cartellino per l'ultima volta. Domani la Direzione lo avrà cancellato dal quadro dei turni e sostituito al reparto "Coperchi" con un operaio giovane, che non sarà per forza celere come lui agli inizi, d'altronde, per premere un bottone non serve certo avere la referenza della velocità.

Pochi istanti ancora e poi come tutta la forza operaia del mondo potrà permettersi il sospiro, quello che dà il consenso di dare riposo all'impegno e a tutti i muscoli del corpo. Domani anche la sveglia del mattino potrà togliersi la precauzione di suonare.

Proprio una bella soddisfazione il sospiro

del pensionato, basterebbe solo che non fosse obbligatorio. Così almeno la pensava Anselmo Scarcini, perché per lui era diverso, lui pur di raggiungere la giustizia di quel traguardo avrebbe allungato volentieri l'ora che gli restava con altri quarantatré anni di fatica. Lui, in quella fabbrica, oltre a lasciare gran parte della sua storia, doveva cedere l'entusiasmo di fare, il piacere di stare, e sicuramente portarsi via un'atroce nostalgia del cuore.

Per lui, in tanti anni di lavoro, mai un ritardo o un'ammonizione, fosse anche per la più piccola delle infrazioni; mai nemmeno il rispetto di uno sciopero o lo spreco in un venerdì per guadagnare un "ponte" festivo. Di assenze per malattia, poi, forse due o tre, proprio quando la febbre oltrepassava il delirio dei quaranta: lui era sempre presente. Puntuale negli straordinari e al bisogno persino capace di rinunciare, contento, alle ferie, pur di stare là a far fronte all'urgenza di una manodopera.

Tra poco tutto sarà cancellato, in sala mensa hanno preparato una piccola festa, niente di eccezionale, un vassoio di pasticcini, uno di tartine al tonno e tre bottiglie di spumante per consumare l'ultimo brindisi, poi tra gli applausi dei colleghi ci sarà la consegna di una targa ricordo, la stessa per tutti i congedanti, quella con il bassorilievo della cattedrale cittadina. La Direzione, vista la fedeltà e l'impegno prestati, in via eccezionale aggiungerà anche un orologio, non proprio di marca, però con tanto di datario, segna secondi e numeri fosforescenti. Che beffa per Anselmo, come ringraziamento gli daranno un orologio. Ma cosa se ne farà di un orologio? Mah! Forse gli tornerà utile per misurarsi la noia!

Quando vi era entrato aveva diciassette anni, ed era alla sua prima esperienza di lavoro. Come era emozionato quel giorno, proprio come lo si è al primo giorno di scuola. Lo raccontava sempre con entusiasmo quell'esordio, soprattutto alle nuove leve, spiegando che a quel tempo per raggiungere il posto di lavoro gli servivano due tram con l'aggiunta di due chilometri a piedi, sottobraccio stringeva l'immancabile pranzo senza fantasia, mezzo filone di pane che racchiudeva l'identica frittata con cipolla. Era un'altra epoca: dopo questa, arrivarono i tempi moderni che, cancellando il disagio, portarono i cibi precotti della mensa e gli autobus fino a un metro dalla destinazione.

In quell'indimenticabile primo giorno venne assegnato alla mansione meno impegnativa, quella dei "Coperchi"; gli bastarono cinque minuti di istruzione per capire l'arte della copertura, a dire il vero ebbe anche una perplessità nel pensiero, "Tutta qui, la grande fatica del lavoro?" Poi subito, con l'entusiasmo degl'inizi, si buttò sull'incarico.

Velocemente stravolse la frequenza della produzione, dai trecento barattoli che gli erano stati raccomandati passò con facilità ai quattrocento, poi settecento, fino a superare i mille: in poco tempo era diventato il migliore.

Quel mestiere gli piaceva da matti e dentro la catena di montaggio si trovava bene, meglio che in qualsiasi altro posto, tanto che le uniche ore che gli interessavano erano quelle che trascorreva con il passaggio dei barattoli, così che anni e vasi diventarono i fedeli compagni della vita. Assieme a loro girò tutti i capitoli della sua storia.

A loro esternò la felicità per un servizio militare respinto grazie a una scarsità toracica, il dolore in due puntate per la perdita dei genitori, la confessione di una grande solitudine che, col tempo, più s'ingrandiva e meno disturbava. Stava bene solo, solo con i suoi colori.

Poi, nel succedersi degli avvenimenti, i vasi vennero a sapere di tutte le cadute dei governi, delle morti di Re e Regine, delle crisi monetarie e dei trionfi sportivi, di guerre massacranti e di prodigi felici: con Anselmo Scarcini la catena di montaggio venne sempre e rigorosamente informata di tutto.

Col passare del tempo i vasi diventarono un'abitudine del corpo e della pelle: tutto dipendeva dall'ordinazione da spedire. Se era settimana di tintura gialla, Anselmo Scarcini si adattava e tirando fuori un'allegria da sole, confidava ai barattoli tutta la sua voglia di coriandoli e carnevale, peccato solo per quella vergogna solitaria che gli impediva di mascherarsi. Se capitava l'ordine di colore rosa, allora sfogava tutto l'arretrato per l'amarezza di un amore mai avuto. Eppure le donne gli piacevano, e tante volte avrebbe voluto tentare l'approccio, ma ogni volta tra lui e il desiderio s'intrometteva il divieto assoluto della timidezza. Talvolta arrivava anche il nero e allora era d'obbligo la settimana agitata, così, adeguandosi, sbolliva tutta la rabbia raccontando di certi suoi colleghi che, vigliacchi, gli scrivevano sull'armadietto insulti pesanti come "venduto" o "infame crumiro", e tutto per via di una storia di scioperi non condivisi. Per fortuna, a togliere quella furia confidenziale arrivava anche la pittura bianca, con lei tornava la quiete ed erano giorni di riposo anche per gli sbalzi d'umore. Poi in successione arrivava il blu del pettegolezzo, e in quel caso confessava alla lattina il furto di una delle sue simili da parte del caporeparto o le confidava il vanto dell'operaio giovane che aveva piantato le corna al vicedirettore.

Erano giorni di festa quando arrivava il rosso, che sapeva tirargli fuori la piccola grande fiamma della sua passione segreta, l'amore per la musica. A casa e addirittura durante qualche turno di lavoro era riuscito a ispirarsi e a comporre qualche centinaio di canzoni, quelle che si inventano e si scordano perché sono incapaci di farsi scrivere sugli spartiti musicali. Una o due volte all'anno capitavano anche gli ordini stupendi della tintura color oro e di quella color argento, allora per Anselmo Scarcini era uno spettacolo, senza una parola premeva il bottone e spalancava gli occhi, godendosi la visione meravigliosa della magica vernice.

Ecco, ora tutto quell'arcobaleno di umori, quelle carezze stupefacenti per lo sguardo e quelle tinte, fedeli compagne di una vita, dovevano essere lasciati, e tutto perché, qualcuno, con il potere della decisione, aveva stabilito che a una certa età si era inutili e non si aveva più nessuno sforzo da spendere. Ma Anselmo Scarcini non ci stava, lui era sicuro di avere ancora muscoli giovani per altri quarant'anni, ci avrebbe scommesso: le sue braccia contro il bottone del robot, e avrebbe vinto di sicuro, perché la sopravvivenza si sa, tira fuori forze insospettabili.

La sirena aveva fischiato alle quattordici in punto per avvisare la fine turno, Anselmo Scarcini con la mano tremante aveva premuto il bottone per spegnere la sua ultima produzione, poi sconsolato aveva lasciato la catena di montaggio senza neanche girarsi. Guardare il suo reparto avrebbe aggiunto dolore al dolore. Andando, ebbe la sensazione di veder spegnere le luci e chiudere un sipario, rassegnato capì che non c'era più niente da interpretare.

Arrivato alla sala mensa aveva rispettato l'esigenza della festa, aveva brindato con lo spumante e ringraziato per i doni. Come da prassi, si era anche messo a piangere e tutti avevano pensato alla commozione per il traguardo raggiunto: lui, per accontentarli, aveva detto di sì. Il tutto era durato una quindicina di minuti appena, poi i colleghi erano tornati ai loro reparti, la Direzione si era congedata con una stretta di mano e a lui non era rimasto altro che togliere l'ingombro della sua presenza.

Giunto all'uscita prese il cartellino e per l'ultima volta lo infilò dentro la bocca dell'orologio, che solitamente avvisava dell'avvenuta timbratura con lo squillo di un piccolo *drin*. Quella volta no, quella volta il rumore suonò potente come se dentro l'orecchio una mazza gigante avesse picchiato contro un gong, l'eco gli rimbombò nella testa e gli scrollò il corpo e, scendendo, gli procurò una scossa. Traballando uscì e, immediato, un portone pesante gli si serrò dietro le spalle annunciandogli che da quel momento era davvero, ma davvero, tutto finito.

Sono passati alcuni mesi da quella storia. La fabbrica continua la sua produzione di vernici e gli affari girano sempre a meraviglia, solo al reparto spedizioni, che da oltre quarant'anni è chiamato il "Reparto dei coperchi", stanno incontrando qualche difficoltà. Hanno già cambiato tre operai, perché nessuno riesce a reggere ai ritmi della catena di montaggio, niente, neanche a premere i bottoni.

In Direzione hanno cominciato a rimpiangere quel vecchio matto che parlava coi barattoli e che aveva sulle spalle quarantatré anni di coperchi.

Lui diceva sempre che il lavoro bisogna amarlo e che ai colori non bisogna mai mancare di rispetto, bisogna curarli, parlargli, e se occorre, anche accarezzarli: lui lo aveva sempre fatto e tinte e barattoli gli avevano risposto, girando e accettando la copertura. Sì, aveva proprio ragione quel matto, se è vero che per anni nel deposito magazzino non era mai passato uno scarto; altroché adesso, adesso i vasi arrivano in gran parte con le coperture difettose, lasciando che l'aria filtri dentro facendo asciugare la vernice.

Ma anche il tempo di rimpiangerlo oggi diventa inutile, tanto il matto non c'è più, ormai gli hanno tolto anche l'armadietto, il posto in mensa e il nome sullo schedario dei cartellini. Anselmo Scarcini se n'è andato via, via dalla fabbrica, dalla città e dalla vita.

Anselmo Scarcini, strana storia la sua, dopo il congedo si era chiuso in casa e non lo videro più uscire nemmeno per i bisogni alimentari.

Non se ne era preoccupato nessuno, d'altronde come poteva essere se non aveva parenti, amici, e tanto meno conoscenti. Solo due mesi dal suo ritiro capitò che il postino suonasse alla sua porta perché doveva consegnargli il libretto della pensione. Suonò e risuonò ma senza ricevere risposta, allora, per scrupolo professionale, avvisò i soccorsi. Questi arrivarono e dopo aver sfondato la porta entrarono nella piccola cucina e davanti agli occhi si trovarono una scena indescrivibile: sul tavolo decine e decine di barattoli con i coperchi saltati avevano rovesciato la vernice sul pavimento, formando così una confusione di tinte. Al centro c'era il corpo senza vita del pensionato.

No, non si trattò di una fuga travestita da suicidio, era stata solo la fine improvvisa, ordinata da un infarto, tanto che il suo caso fu chiuso e infilato tra le pratiche delle morti naturali.

Però, se ci fosse stata la cura di un'indagine e gli investigatori avessero voluto approfondire, allora si sarebbe scoperto che i vasi di vernice avevano fatto saltare le proprie coperture e si erano rovesciati... solo dopo la morte dell'amico.

C'era il giallo che rideva e il rosa che baciava, un nero che si arrabbiava e il bianco che annuiva, un blu che sparlava e un rosso che si accendeva. Ai lati, come un contorno meraviglioso, l'argento e l'oro racchiudevano il tutto, e in mezzo, come un ospite vestito coi colori della festa, c'era il loro amico di sempre: Anselmo Scarcini.

Un'intesa di quarantatré anni dentro la catena di montaggio, con l'impegno giurato che, quando sarebbe arrivata l'ora... "si lascia tutto e si va via insieme!"

7

IL MAIALE COL FIOCCO

Doveva essere una semplice tappa di trasferimento, tanto che tutti noi centosettanta ciclisti eravamo d'accordo per un'andatura da passeggio. Meglio stare calmi quando si è alla vigilia delle montagne, domani ci toccheranno otto ore di corsa senza quasi sedersi e per arrivare bisognerà stare arrampicati sui pedali.

Appena partiti, dopo neanche tre o quattro chilometri mi si è affiancato il capitano e mi ha posato un braccio sulla spalla. Quella è una posizione che usa quando deve pisciare in corsa, ma stavolta è diverso: dall'espressione sembrava avere intenzioni educate. A dire il vero, un po' mi sono insospettito, solitamente quello non è tipo da buone maniere. Lui è uno di quei campioni che gira sempre con un podio sotto i piedi e quando parla con i subalterni è perché deve consumare la libidine del comando: "Fai questo" e "Fai quello". Se poi è giornata di sole bollente, è solito accompagnare l'ordine con la pesantezza dell'ingiuria.

Questa volta, invece no, nonostante il sole, sorrideva.

"Senti Martino, tra una decina di chilometri si arriva in un paesino e lì hanno messo su un traguardo volante, niente di speciale: chi vince si porta a casa un maiale e due ceste di bottiglie di vino. Che dici, ce lo prendiamo?…"

"Ma certo! E che, lo regaliamo agli altri? Allora, cosa devo fare: alzare l'andatura? Tirarti la volata?"

"Ma neanche a pensarlo! Che vuoi, che domani scoppi alla prima salita? Piuttosto, avrei pensato a te, sei o non sei l'ultimo in classifica? Così, anche se te ne vai, chi vuoi che si curi di venirti a prendere?…"

A quell'annuncio, del tutto inatteso, un'emozione si è intromessa tra le gambe imbrogliandomi il ritmo dei pedali, tanto che ho rischiato di cadere.

"Ma che stai dicendo, io andare avanti e staccare tutti? È impossibile, questi cannibali mi sarebbero addosso in meno di un secondo.

113

No, guarda! Ma sai quanti insulti e quante manate mi arriverebbero dietro, per farmi ricacciare in fondo?"

"Ma che fai, discuti? Dai, ginocchi alti e andare, che questo è un ordine di squadra: in quanto agli affamati non preoccuparti, che li calmo io!"

Finito l'ordine, la mano del capitano mi si è abbattuta sulla schiena dandomi il consenso alla fuga: a quel punto, come un fido gregario, sono scattato avanti a obbedire.

Con un rapporto agile e con l'entusiasmo del protagonista ho cominciato a saltare sui pedali, sopravanzando velocemente il gruppo. Mentre andavo, con la coda dell'occhio cercavo di distinguere i compagni, temendo le facce di un'arrabbiatura, invece tutti, indistintamente, ridevano. Ridevano sotto i baffi e sotto i cappellini, ma non ci ho dato peso. Per convenienza ho pensato che fosse la gioia rilassante per la quiete di un ritmo lento, quasi da gita.

Anche quando sono arrivato alla testa del plotone quelli continuavano a ridere scordandosi d'inseguirmi: anzi, sembravano quasi frenare, se è vero che senza fatica li stavo staccando. Cinquanta, cento, duecento metri, mi erano bastati pochi attimi per girarmi e accorgermi di averli fatti piccoli piccoli, aggiunsi ancora qualche pedalata e me li tolsi dalla visuale.

È stato a quel punto che ho cominciato a sentire odore di maiale.

Calcolando i suggerimenti, dovevano trascorrere ancora una decina di minuti, circa seicento secondi di fuga solitaria. Poi, per accordo preso, avrei fermato corsa e sogni di gloria per aspettare il gruppo. Pedalando su quel piccolo trionfo cominciò ad assalirmi il primo dubbio. Quando fossi arrivato a un centinaio di metri dal traguardo volante, come dovevo comportarmi? Mollare il manubrio, sollevare il busto e alzare le braccia al cielo, come fanno i campioni? Sì, bravo, e se poi non avessi trovato nessuno, né sindaco, né fotografo, niente, neanche il maiale? No, meglio tirare dritto e far finta che vincere sia un'abitudine.

Esaurito il primo dubbio, ecco subito il secondo: domani, di questa mia vincita, si sarebbe scritto sul giornale? Non pretendevo quattro colonne e titoli cubitali, mi bastava anche un trafiletto in ultima pagina. Gli avrei fatto vedere io ai miei compaesani, invidiosi e pettegoli come l'uva dentro il tino. Altroché sputtanare e ridere sulla mia fatica da fanalino, quando leggeranno dovranno scoprire quelle brutte teste senza classifica davanti all'onore del vincitore, perché è vero, sì, sarà solo un traguardo volante, un maiale e quattro bottiglie, ma sarò pur sempre un vincitore.

Intanto, più andavo e più stavo meglio. Che incredibile sensazione pedalare finalmente da soli, soli senza la solita marea di natiche davanti agli occhi. Quando si è ultimi nel gruppo non si vede mai la strada, e bisogna adattarsi e orientarsi col culo degli altri. Se si alza allora è salita, se si abbassa invece è discesa, e se sbanda, be', allora siamo in curva. Ma stavolta non c'era nessuna maleducazione rotonda a guidarmi, davanti avevo solo asfalto e, per la prima volta in vita mia, ero io che menavo le danze.

Quei pensieri mi trasmettevano una forza sconosciuta: le gambe, senza bisogno di comando, scendevano e si alzavano spontanee come la potenza dei martelli pneumatici. Da quanto pedalavo? Guardai l'orologio: più di mezz'ora. E del traguardo? Neanche traccia.. E del sindaco e del suino infiocchettato? Di quelli, poi, né l'onore e né l'odore. Intorno, solo deserti di campagne con quegli impianti a girandola che le bagnano e qualche vacca messa qua e là, che piegata sull'erba non si fila per niente il corridore solitario in fuga. Che il capitano abbia sbagliato le distanze? Mah! Io proseguo e poi vediamo.

Dopo altri quindici minuti di pedalate e pensieri, finalmente mi si è affiancata la macchina della giuria e tirando fuori una piccola lavagna mi ha indicato "Venti minuti".

"Venti minuti, cosa?"

"Ma di vantaggio!"

"Dio bono, tanta roba? E il traguardo col maiale, quand'è che arriva?"

"Macché maiale d'Egitto, questo è un giro serio, non è mica la corsa della salciccia in onore del Patrono!"

Lì sono saltato su peggio di un gatto buttato nell'acqua. Ho cominciato a urlare, a sbraitare, a pretendere assolutamente il porco, il fotografo, il vino e persino la banda del paese. Per calmarmi dovettero far intervenire l'ammiraglia della mia squadra. Il Mister, sporgendosi dal finestrino ha cominciato a urlarmi come un pazzo.

"Martino, fermati, che si è trattato di uno scherzo, adesso fai il bravo, frena e aspetta il gruppo!"

"Ah, uno scherzo… Allora, sa cosa le dico? Co' 'sto cazzo che mi fermo, e lo dica pure a quei figli di asine incinte che se mi vogliono si diano da fare e mi vengano a prendere."

Incazzato più di una grandine sul Pordoi, mi sono tolto il sellino da sotto il riposo e, in piedi sui pedali, ho cominciato a scattare come se ogni dieci metri ci fosse il traguardo da tagliare.

Non ricordo più quanto ho scattato, sprintato. Forse un'ora, due, tre: è che il tempo, quando viene trattato con la scommessa perde il valore dello spazio. A intervalli insistenti l'ammiraglia mi tornava sotto e continuava a intimarmi la fermata, ma io niente, sempre avanti, infischiandomene di tutte le minacce che mi tiravano dietro. Alla fine, più stremati loro di gridare che io di pedalare sono stato diffidato di un licenziamento in tronco: a quel punto, anche in nome della classe disoccupata, li ho mandati ben bene a cagare. Convinti, hanno mollato e non si sono più fatti vedere.

Sotto il sole tremendo, come quello che fa

incazzare i capitani, mi sono messo alle spalle un traguardo a premi, in palio c'erano mille euro, cifra da ridere. Dopo essere stata divisa tra compagni, meccanici e altri, io avrò intascato la miseria di cinquanta, euro, buone se non altro per comprare un regalo al piccolo Nicolò. Quando sarà grande, anche lui saprà di questa giornata, la leggerà su qualche vecchio ritaglio che parlerà del suo papà, perché sul giornale mi mettono di sicuro, ormai: sono già in fuga da centocinquanta chilometri.

Le indicazioni della direzione di corsa mi hanno segnalato un vantaggio massimo di cinquantadue minuti, poi lì dietro devono aver smesso di ridere e il vantaggio è sceso a quaranta, trentanove, trentasei…
Comincio a sentirmi stanco e lo stomaco per la fame mi spedisce cerchi neri sulla testa. Ora rimpiango il rifornimento, che peccato essergli passato davanti come una scheggia, d'altronde chi si impegna con la fuga non può star lì a perdere tempo con l'indugio. Per la sete, invece, mi sto arrangiando. Visto che l'ammiraglia, per castigare la disobbedienza, non mi ha passato mezza borraccia, ringrazio la fortuna per la

gente lungo la strada: loro di acqua ne hanno tanta, chi a scaraventarmela addosso e chi a passarmela, non è fresca ma ottima per far uscire il sudore che mi ribolle dentro.

Ancora uno sforzo lungo come cinquanta chilometri e poi è finita. Non bisogna rilassarsi, occhio al movimento. Fra poco segnalano un "Gran premio della montagna", non è difficile, una collina da cinquanta metri, roba da ultima categoria. Mentre salgo mi viene in mente il mio vecchio allenatore Armando, lui mi diceva sempre…

"Martino, quando vedi una salita… pensa alle aquile!"

Caro il mio Armando, lui se n'è andato prima che io passassi a fare il ciclista per mestiere, e meno male, altrimenti avrebbe visto gli ippopotami salire i monti. Oggi però è diverso, oggi volo, non come le aquile, però sgraziato come una cornacchia e felice come un gabbiano.

Ancora venti chilometri e sette minuti di vantaggio, basta crederci: con l'aiuto dei pensieri ce la posso, ce la devo fare. Posso vincere anche con questi muscoli ormai pesanti come il ferro pieno, e per scioglierli mi viene in mente un altro consiglio dell'Armando.

"Se a un dolore non dedichi il prezzo di un pensiero, facile che lo paghi solo metà!"

Sta funzionando, difatti penso a casa, penso ai fiori, penso al bacio della Miss e al trofeo per il vincitore, penso alla mia carriera tutta piena di ritiri e "Fuori tempo massimo", che presto potrò girare scrivendoci sopra una vittoria, sì, penso e ripenso ancora, mentre i chilometri si accorciano sotto i copertoni…

Da un po' è entrata in funzione anche la ripresa televisiva, una telecamera su una moto mi sta seguendo. Allora mi arrampico sulla bici e accentuo smorfie di sofferenza, perché chi assiste dai divani di casa non creda che il mio sia un gioco: io sto lavorando, faticando per una vittoria.

Vado e ancora vado, quando all'improvviso vedo sull'asfalto l'arrivo di un'ombra che gioca a rincorrere la mia. Mi spavento e mi giro. Meno male, è solo una moto con sopra un telecronista, ha un microfono in mano e lo sta puntando su di me.

"Siamo a dieci chilometri dall'arrivo sulla scia del fuggitivo, l'indomito Martino Cescutti che con la sua stoica resistenza sta spingendo la rincorsa rabbiosa del gruppo. Adesso ci avviciniamo e vediamo se riusciamo a fargli qualche domanda… Cescutti, Cescutti, come ti senti?…"

Come mi sento? Ma che cazzo di domanda è? Ma 'sto deficiente cosa pretende che gli risponda, che mi sento riposato come uno che ha passato sette ore a dondolarsi su un'amaca? Mamma mia, che voglia di mandarlo a cagare, ma non posso, non devo, è la prima volta e devo essere educato.

"Insomma, mi sento discretamente male, ma vado avanti. Quanto ho…"

"Tre minuti, Cescutti, ancora tre minuti: Dai che ce la fai…"

"Mah… Forse sì, forse no."

"Se sì, a chi dedicherai la vittoria?"

"Alla mia Giovanna e al mio piccolo Nicolò, poi ai miei genitori e ad Armando che non c'è più."

"Basta?"

"Be', non so… Al Sindaco, al Parroco, al Club del Pedale… Ai miei monti, ai miei campi, alla mia patria, quest'Italia benedetta che s'è desta dell'elmo di Scipio…"

"Bene, bene, chiudiamo qui il collegamento, a voi studio."

Cinque chilometri quattro e novecento metri, novecento novantotto, novantasette... ancora cinquanta metri mi dividono dagli spiritosi. No, non devono prendermi, non devono...

"Se non pensi alla paura, è mezzo coraggio guadagnato." No, questa non è di Armando, questa è mia e mi è venuta su dal bisogno di vincere. Vado e ancora vado, anche se sembra che freni, venti pedalate in piedi e tre seduto, ma sono sempre più lento, avessero accorciato la tappa di due chilometri non se ne sarebbe accorto nessuno e io avrei già vinto.

Penso al traguardo, a lui e a nient'altro: a proposito, se arrivo devo assolutamente ricordarmi di togliere la curva dalla schiena e innalzare il busto, mettermi a posto la maglietta e raddrizzarmi i capelli, non dimenticare il cappellino con il nome dello sponsor ben visibile. Poi, in prossimità della linea bianca, non devo scordare di guardare il cielo e farmi il segno della croce, così, oltre al dovere cristiano, mi guadagno anche la simpatia dei credenti.

Patrono dei Gregari, aiutami tu a muovere questi pedali rigidi e concedi l'ultimo sforzo a questi tronconi di ferro che non riescono più a pestarli. Se vinco, ti giuro che mi tolgo tutta l'invidia e i cattivi pensieri per i campioni che comandano e t'illudono con... i maiali col fiocco.

Lo striscione dell'ultimo chilometro mi è appena passato sopra la testa, che sia benedetto lui e tutti gli ultimi chilometri. Dietro, ormai, sento il fiato dei cannibali, ancora qualche pedalata e mi divorano. Io vado, scappo, anche se sono ubriaco di fame, di sete, di fatica, non devo mollare. Meno male che conosco questo arrivo, ci siamo stati già due anni fa. Ricordo perfettamente che a cinquecento dal traguardo, dalla mia solita posizione, ho visto i culi sbandare pericolosamente a destra, perciò sono certo che fra poco ci sarà una curva a gomito.

Vado, e non so più se sono le gambe che spingono i pedali o i pedali che pestano le gambe. Intorno c'è uno spettacolo incredibile, due ali di folla che mi scortano, peccato per la giornata: stamattina c'era un sole meraviglioso e adesso, nonostante la gente accaldata e io fradicio di sudore, è scesa una pesante nebbia da palude. Foschia maledetta, proprio adesso.

Vado avanti ma non si vede più niente. Dov'è il manubrio, chi ha rubato i freni, chi ha tolto la curva. Niente, odo solo terribili campane suonarmi nella testa e poi, improvviso, sento un muro che, come un traguardo messo dal demonio, dice basta alla mia corsa.

Con una frattura esposta alla clavicola, tre costole incrinate e quattro denti spezzati mi sono dovuto ritirare e ricoverare all'ospedale. Ora, accanto, ho Giovanna che mi cura, e che mi legge e rilegge tutti gli articoli dei giornali.

Mi hanno trattato come un eroe di altri tempi, di quelli che correvano con i tubolari legati al petto e sputavano polvere, perché non esistevano ancora le strade col catrame. Nonostante i dolori, ho provato una gioia stupenda, bella più di un traguardo volante e indimenticabile quasi come una maglia rosa, peccato solo che sia durato un momento. Passato il giorno e cambiato il giornale, è finita la notorietà ed è cessata anche la professione, perché, come da minaccia, sono stato licenziato.

Ora, a guardarla dal lato positivo non è da tutti lasciare la carriera nell'attimo della gloria, perciò l'ho detto a Giovanna, niente drammi.

Sì, forse patirò un po' di nostalgia, soprattutto per quell'incessante movimento di culi che da anni mi si agitavano davanti agli occhi, ma passerà. Appena guarito tornerò al paese a respirare il vecchio odore di concime e, perché no, a vivere di rendita sopra la scia di una piccola celebrità. Poi, il mio amore e io cresceremo il nostro Nicolò, lo faremo diventare forte, sano e spero... mai, mai un ciclista. Per lui mi auguro una carriera nel biliardo, dove non si scappa per inseguire un maiale infiocchettato. Lì, bene che vada, quando vinci ti consegnano una coppa e una confezione di mozzarelle fatte in casa.

Dico... ma vuoi mettere?

8

I RAGAZZI DI QUARANT'ANNI

I ragazzi di quarant'anni, senza stato di famiglia, hanno i documenti puntati fissi sul mestiere del celibe. I ragazzi di quarant'anni, senza stato di famiglia, si sono anche tolti tutti i cavalli dalla testa, perché le partenze appartengono all'euforia dei vent'anni.

Eppure hanno corso, eccome se hanno corso, corso fino a consumarsi i muscoli. Camicie aperte, capelli al vento. Poi, le briglie sciolte al trotto, al galoppo e poi gli zoccoli nel fango e ora, disarcionati, rotolano nella delusione che racconta la storia di una ruga che si allarga, e di un pettine che non trova più un motivo.

Oggi, con l'andatura del cavallo stanco, rimbalzano sulle imprecazioni di partite di calcio e schedine sbagliate, sulle difficoltà di macchine di seconda mano, acquistate a rate. E poi, pizze calde e bibite ghiacciate, pellicole porno per riempire le serate e solitari senza femmine, solitari senza femmine, solitari senza femmine... per esaudirsi le nottate.

Quarant'anni, annoiati come e quanto due ventenni quando ignorano il trionfo della loro età. Quarant'anni, giorno più, giorno meno, passati a vagliare e scartare le ambizioni, perché a salirci sopra si rischia di cadere. Eppure, lo sanno anche le loro delusioni quante volte ci hanno provato, tanto da esaurirgli gli entusiasmi.

Fattorino, impiegato, direttore o presidente, e adesso sono niente: ora, come i disoccupati del sogno, si sono dimessi dall'illusione e girano gli angoli per accecare la verità.

Imperterriti, continuano a rotolare: su inutili partite di calcio e su schedine sbagliate e risbagliate; su macchine quasi nuove e già antiquate, e porca miseria, ancora non pagate. Imperterriti continuano a rimbalzare su pomeriggi danzanti, con tristi ballate e canzoni ubriache, per consumarsi le serate. Poi, ancora altri avvilenti e malinconici solitari, solitari, solitari... per deludersi le nottate.

Quarant'anni. Quattro volte dieci anni, senza averne il fiato. Quaranta voglie al giorno per un figlio di dieci anni.

Anni di desideri incinti, con l'impossibilità di partorire. Eppure, quante donne… tante, e ora più nessuna: perché erano fidanzate allergiche alle attese, e per questo fuggite sulla certezza di altri sospiri. Oggi sono ragazze di quarant'anni, sposate con l'alternativa, donne mature da scordare con noiose partite di calcio, alleate di pronostici beffardi, da bestemmiare sulle schedine sbagliate.

Quarant'anni con rimpianti e sbadigli da pagare a rate e poi strade interminabili per lunghe e sempre più assidue solitarie… passeggiate. Passeggiate dove solitamente arriva la confusione di bibite calde e pizze ghiacciate, e dietro l'ulcera, ancora i cinema noiosi per addormentarsi le serate, e poi di nuovo altri solitari, solitari, solitari… per sfogare la solitudine che riempie le nottate.

I ragazzi di quarant'anni, con poco passato e niente futuro, che continuano a farsi del male con vittorie perse e partite truccate, con bistecche di carne di cavallo che girano nella mente, con ricordi di trotti e galoppi che pestano nel niente, e con un'età sopportata come se tutto fosse scontato: quattro volte dieci anni, senza averne il respiro, metà strada verso gli ottanta avendone tutto l'affanno prenotato.

9

PROBLEMA

Nel borgo Santa Caterina c'è il rione dei ferrovieri. Due schiere di case messe a semicerchio e congiunte tra loro in un unico punto fanno sì che l'ironia del popolo riconosca quelle costruzioni come il "Quartiere del Culo" perché, osservandole da lontano con obbiettività, la forma è quella.

Davanti alle abitazioni c'è una strada piegata a curva, oltre la strada c'è il confine di un lungo e altissimo muro, ancora oltre il muro i binari del treno e poi un'immensa campagna. Agli inizi, quel muro a molti era sembrato inutile: in seguito, dopo tutte le frenate in ritardo e i rettilinei sbagliati che gli si erano schiantati contro, gli fu riconosciuta una certa utilità.

Nel tempo quella barriera, oltre che abbracciare le fermate di auto e motorini, diventò anche il foglio di cemento dove i ragazzi, gli innamorati, i delusi, gli illusi e gli scornati scrivevano i loro messaggi. Calligrafie a spray, a pennello e a pennarello che ripetevano "Ti amo" oppure "Ti odio", "Ti sposo" oppure "Ti lascio" avevano colorato gran parte di quello spazio grigio e, nonostante fossero passati anni e frequentatori, c'era ancora un sacco di spazio su cui scrivere e far sapere.

L'altra mattina gli abitanti, aprendo le finestre, si sono sorpresi gli occhi. Infatti, sopra l'enorme spazio vuoto, qualcuno aveva scritto, con la vernice rosso fuoco, la gigantesca ingiuria di un "VALENTINA PUTTANA".

Clamore e sconcerto si sparsero, veloci come l'urgenza di un passaparola, non tanto per la bestemmia, che in quelle case girava frequente come la luce, quanto per quella maleducazione vergognosa che ora si esibiva al passaggio di chiunque, foresti compresi. No, non era un'azione che si potesse lasciar passare liscia, bisognava assolutamente trovare l'autore dell'affronto e poi costringerlo, con un secchio di vernice, a ripulire il tutto.

Sì, d'accordo, ma da dove cominciare? Innanzitutto, trovare la "Valentina puttana". Nel rione abitano tre ragazze che si chiamano Valentina e che oltre al nome hanno in comune anche l'età, diciott'anni circa.

La prima abita al terzo piano della natica destra, e si chiama Valentina Crisafulli, figlia di siciliani. Frequenta il liceo scientifico ed è una patita *sorcina* di Renato Zero, in fondo, una brava ragazza. Sì, qualcuno racconta di qualche spinello fumato giù in cantina, tanto da pronosticarle un futuro di siringhe, ma si tratta di moralisti con il piacere della catastrofe, quelli che confondono la pipì con l'oceano. Non ha il fidanzato, almeno ufficialmente, un mese uno e un mese un altro, ma per quel che si sa non è niente di serio: per gli sguardi curiosi solo qualche bacio sotto il portone, il resto lo si può solo immaginare.

Le altre due invece, dimorano nella natica sinistra. Una è Valentina Corradini, di Frosinone, e abita al piano terra. Lei il fidanzato ufficiale ce l'ha, ma fa il militare, soldato semplice a Latisana. Dodici mesi di libera uscita per la seconda Valentina, da trascorrere sotto il segno capriccioso dell'"Amami e lasciami". Per illudere la voglia dei genitori dovrebbe studiare legge: obbediente, lei va all'università, sapendo già che alla fine ci sarà una delusione in più e un avvocato in meno.

La terza ragazza è Valentina Pireddu da Cagliari, abita all'ultimo piano, con tutto il privilegio di scavalcare con gli occhi il muro e godersi il panorama. Studia medicina e la sua passione è scrivere poesie, carine solo per l'educazione di chi esterna la cortesia, altrimenti orrende per il pettegolezzo degli angoli. Anche lei, come la Crisafulli, non ha il fidanzato: con l'ultimo, un suo conterraneo, si sono lasciati un mese fa, dicono per incompatibilità di carattere, ma la verità è che lui la picchiava da lasciare i lividi.

Ora, con questi dati alla mano, il sospetto aveva preso la direzione ovvia del fidanzato geloso: il maleducato non poteva essere che lui. Così furono interrogati gli innamorati volanti della prima Valentina, ma le testimonianze furono unanimemente negative, poiché tutti presentarono alibi impeccabili e prove calligrafiche che li scagionavano dal fatto. Poi s'indagò sul cagliaritano, ma anche lui era a posto, perché ricoverato all'ospedale per una delicata esportazione delle emorroidi. Il soldato della seconda Valentina, invece, già da una settimana con il suo battaglione marciava su e giù per boschi e montagne per riempire la libidine suprema di un'esercitazione. Perciò indagini e ricerche condominiali sono al punto di partenza, restano solo alcune supposizioni e nessuna certezza.

Ormai agli abitanti non resta altro che rassegnarsi: per stanare il maleducato ci vorrebbe un miracolo o un colpo di testa, uno di quelli che scuotono il rimorso. Ma non credo che succederà, perché io lo conosco bene, il colpevole, e so per certo che non parlerà.

Il colpevole sono io. Sì, io, che quella sera, con tanto di pennello e vernice rossa sono salito fin su al "Quartiere del Culo" perché volevo assolutamente scrivere a Valentina quello che da mesi non avevo il coraggio di dirle, cioè che l'amavo tanto. Ero deciso, prima avrei siglato il messaggio e poi, a seconda della reazione, avrei mantenuto il segreto o mi sarei dichiarato. Così quella sera attesi in macchina che calasse il buio e che la gente togliesse di mezzo il suo viavai.

Iniziai con una "V" grande e perfetta, poi, come proseguendo un dipinto meraviglioso, stavo per completare il nome: fu allora che dietro le spalle sentii sopraggiungere qualcuno.

Con un salto mi nascosi in un ciuffo di cespugli e intravidi una coppia passare. Si trattava di un ragazzo con le braccia aperte, dentro a queste si faceva stringere la mia adorata Valentina. Maledetta, maledetta più di un tradimento. Ma come, mentre io spendevo il tempo a sospirarla, lei si faceva abbracciare, toccare e accarezzare dal primo analfabeta di passaggio. Ma dico io: si maltratta così un cuore?

Così, appena passati gli sporcaccioni, sono tornato al mio foglio di cemento per terminare la dedica, cambiandone logicamente il senso. Infatti, anche gli osservatori meno attenti possono notare che, dopo la scrittura dolce del nome, segue la calligrafia agitata e incazzata dell'aggettivo.

Adesso facciano quello che vogliono, abbattano il muro ci facciano crescere davanti una quarantina di alberi, oppure si arrangino i genitori snaturati o le figlie degeneri a fornirsi di vernice grigia e cancellare l'offesa. Io non lo farò di sicuro, perché se è vero che ho rovinato un panorama, è anche vero che dalla mia ho il diritto sacro di una vendetta, quella dell'innamorato tradito.

Ah! Dimenticavo di raccontare quale delle tre ragazze ha avuto l'onore pubblico dell'offesa, non è difficile, basta solo l'uso di qualche piccolo calcolo.

Posso dire che la ragazza che amavo è mora e ha tre foruncoli e due mesi in più della Valentina con i capelli rossi, quattro mesi e due paia di scarpe in meno di quella con i capelli castani; che suo padre è un centimetro più basso degli altri padri, mentre sua madre, quando porta i tacchi alti, è più lunga di una spanna della figlia. Che ha due fratelli, uno che se la intende con la sorella minore della Valentina rossa, mentre l'altro ha la stessa pettinatura del fratello maggiore della Valentina castana. Poi posso aggiungere che non abita né in secondo né in quarto piano, che ama la pizza ai carciofini e beve il caffè con il mignolo alzato. In questo momento si sta rompendo la testa su chi, quella sera, ha visto e non doveva vedere ma, soprattutto, non doveva andarlo a raccontare sopra un foglio di cemento.

10

SE FOSSI MIO FIGLIO

Se fossi mio figlio mi sarei fatto il piacere di essere un medico, anche generico, però con ambulatorio. Poi mi sarei dato la soddisfazione di essere sposato, concedendomi la gioia di un paio di nipoti, bambini belli che diano un senso alla mia compagnia. E invece a settant'anni mi ritrovo a essere nonno di un bel niente.

Eppure di figli ne ho avuti due, ma sono discendenze inutili, inutili come una volontà sterile: due figli fatti crescere per il piacere del cuore e che ora sono diventati i protagonisti di un dispiacere.

Non che li disprezzi, i miei ragazzi, questo mai: li ho desiderati io a questo mondo, sottoscrivendo tutti gli umori gioiosi e disperati che portano nell'animo. Ma accidenti a loro, cosa gli costava procurarmi qualche sorriso di creatura, me ne sarebbe bastato anche uno, giusto da poterlo mettere dentro le poche gocce di vita che mi restano. Poco è poco, ma niente è niente. Loro sono vivi, e basta.

Il primo, Matteo, è un prete e lo vedo di rado perché vive lontano, fa il missionario nei paesi del Terzo mondo.

Quando viene a trovarmi ha sempre fretta, tanto che per viverlo un po' di più lo osservo, nascosto dietro le colonne della chiesa, mentre celebra la messa o recita il rosario. Ma non mi basta, e glielo dico. E lui ogni volta, con un sorriso che sembra largo come un'ironia, risponde "Papà, noi siamo sempre vicini, vicini con il cuore e con l'anima!"

E io giù ad arrabbiarmi: "Eh no, caro mio, il cuore lascialo stare; lui ha già tanto da fare per farmi sopravvivere: e poi, bell'aiuto che gli dai, se ogni volta lo scuoti con le tue partenze. E poi l'anima: ma cosa c'entra l'anima. Quella sarà buona solo per l'aldilà, in quel mondo che predichi e sostieni con la tua pubblicità…"

"Papà, smettila, e non bestemmiare."

"Scusa tanto, Matteo, ma cerca di capire: sapessi che fatica vivere sulla scia del tuo invisibile. Io, tuo padre, che non posso gustare i tuoi occhi, stringerti le mani, abbracciarti con tutto il bene che ho a disposizione e che non so dove accidenti vada a finire… E tu, mi dici di non bestemmiare? Ma vai, vai, e non preoccuparti, che tanto sono capace di rimediare da me. Questa mia solitudine da davanzale che aspetta il niente, vale più di milioni e milioni di *Atti di dolore* battuti sul petto."

E poi, che dire della gente, quella che quando ci vede insieme ci ripete la stessa canzone: "Bravo, Matteo, che sia benedetta la tua volontà, e bravo tuo padre, che ti ha insegnato il valore della coscienza."

Se non fosse per una buona educazione da dimostrare a tutti i costi, giuro che a quella gente risponderei: "Ma smettetela ignoranti. La coscienza è proprietà dell'istinto, non si può imporre né insegnare. E poi voi parlate, parlate, ma per caso avete figli che fanno i preti? No? E allora fatemi il piacere di tacere, perché voi siete stati gli egoisti previdenti che li hanno fatti crescere mirando ad altri futuri. Oggi, i vostri figli sono medici generici… e tutti con l'ambulatorio."

Quella è gente che parla solo perché gli hanno messo una lingua in bocca, gente che farebbe un'opera buona se mi passasse oltre e andasse in cerca di altre storie da sputtanare.

Missionario, proprio un bell'affare. Per l'amor di Dio, non discuto la vocazione: ma perché non è venuta ad altri, proprio a mio figlio doveva capitare? Mio figlio, che si è votato l'esistenza a sollevare le disperazioni di paesi lontani, troppo lontani. E io? Io non sono forse un disperato che ha bisogno di un sollievo? Possibile che il mio abbandono non abbia il valore di quello degli altri? Tutti i vecchi inutili come me, che hanno a disposizione solo poche stagioni frettolose e speranze senza pazienza, dovrebbero avere il diritto a un'assistenza missionaria.

Sì, proprio un bell'affare un figlio prete. Affare che non potrò nemmeno vantare nella referenza finale: quando un giudizio mi esaminerà l'anima non potrò mentire. È vero, però, che lo volevo religioso. Ma è anche vero che lo volevo senza giuramenti di castità. Lo pretendevo dottore ammogliato e con prole, per far parte dell'associazione orgogliosa di nonni e di nipoti.

Se fossi mio figlio, mi rispetterei, mi amerei, e tornando indietro, mi accontenterei con una discendenza.

Nemmeno il secondo figlio, Daniele, potrà mai esaudire il mio piacere. Ed è un peccato, perché lui è sempre stato più sensibile del fratello, dedicandomi tutto l'affetto che un padre può desiderare. No, nemmeno lui mi potrà accontentare, ma non perché anche lui faccia il prete, diciamo piuttosto l'opposto: lui fa il detenuto con ancora quindici anni da scartare.

Eppure lui è buono, è stato così sin da piccolo, soprattutto da quando sua madre se n'è andata quando i miei figli erano ancora bambini. Da allora mi trattò da padre, madre e fratello maggiore, anche perché Matteo, preso dalle sue riflessioni, non gli riservò mai la compagnia di un gioco. Certo, se quando erano piccoli qualcuno mi avesse predetto che avrei avuto un figlio prete, appena rimessomi dal colpo avrei senz'altro indicato Daniele.

Ma nessuno può scrivere la vita prima che avvenga, lei gira a piacere tra mistero e bugia, sempre pronta a sorprenderti e smentirti. E ora, Daniele è carcerato.

È successo cinque anni fa, quando andò allo stadio assieme a un gruppo di imbecilli, aggregati dal giuramento di una Brigata Sportiva.

Io lo allarmavo sempre: "Non vestirti da

cretino e non andare con loro, quella è gente brutta e stupida che non fa per te." E lui a tranquillizzarmi: "Non preoccuparti, papà, non crederai che sono cresciuto per niente, e poi non si tratta che di un gioco."

Bravo, proprio un bel gioco, come quel razzo che gli misero nelle mani e che lui, per manifestazione gioiosa, spedì verso il cielo. Ma il lancio non rispettò il suo intento e andò a finire dall'altra parte degli spalti, conficcandosi nella passione di uno spettatore. La persona che morì aveva solo venticinque anni.

Se io fossi stato mio figlio mi sarei chiamato... E il papà sarebbe subito corso, imbrogliandosi gli anni, dipingendosi e travestendosi da cretino per urlare la propria colpa. Ma mio figlio non mi chiamò e con il rimorso della coscienza andò alla polizia a denunciarsi.

L'opinione pubblica insorse e i giornali tolsero il nome a mio figlio, chiamandolo di volta in volta Bestia Sanguinaria, Criminale, Sadico Assassino e altro, di peggio ancora, tanto che la condanna a vent'anni di reclusione fu una conseguenza prevista e applaudita da tutti.

Ma Daniele è buono, è sempre stato buono. Ancora oggi mi scrive una lettera al giorno, preoccupandosi della mia sciatica e pregando per il mio cuore malandato, lo stesso cuore che devo sottoporre al terremoto settimanale dei colloqui in carcere.

Povero ragazzo, la vita in quel luogo dev'essere tremenda, ma lui è sempre lì che ride, parla come a farmi vedere che non c'è nessun motivo di apprensione. Ma si vede che finge, come d'altronde è finta anche la mia serenità. Entrambi abbiamo un'allegria che ogni volta rischia d'inciampare sul primo sorriso.

Lui ogni volta mi dice di resistere e di avere pazienza, perché quando uscirà, conoscendo il mio desiderio nipote, coprirà la mia solitudine con l'utopia di tanti, tanti bambini. Tante volte gli dico di sì, ma quando capita la giornata che piove sconforto, allora può capitare che gli ribatta duro "Lascia stare, oggi ne hai trentacinque, quando uscirai ne avrai cinquanta, e a quell'età solo i ricchi trovano donne che gli diano figli... magari con gli uccelli degli altri". Sono verità amare, che talvolta sono capaci persino di farci ridere.

Dopo esserci salutati, non appena scendo in strada, mi ritrovo nuovamente con la tristezza di essere da solo. Allora mi ripassa in testa il solito pensiero – Se fossi mio figlio, anche per soli cinque minuti, non sopporterei la detenzione e probabilmente farei di tutto pur di farla smettere.

Ma quelli sono pensieri stanchi, estremi come la vita ormai spolpata all'osso. Sarà oggi, sarà domani, sarà il più presto possibile che saluterò questo mondo con sempre meno nipoti.

E quando andrò, non avrò più il desiderio di essermi discendenza. Ormai sarà tutto scontato. Mio figlio prete celebrerà la funzione di addio e mio figlio detenuto avrà quindici anni di tempo per impazzire dal dolore.

Intanto, nel continuo del trascorrere, girerà sempre un rimpianto di due ambulatori vuoti, dove mancheranno per sempre due medici generici.

11

BRUTTI SGABUZZINI

Nini è rinchiuso nello sgabuzzino per via di una brutta nota presa a scuola. Ha solo otto anni e non sa dare una dimensione al tempo, sa solo contare fino a quattrocento. Lo ha già fatto cinque volte e poi si è perso nei pensieri aggrovigliati e ha smarrito il conto.

Dovrà star lì fino a quando non rientrerà il papà dal lavoro, poi sarà lui a regolare la faccenda. Se ritornerà stanco sarà meglio, perché allora tutto si risolverà con tre scappellotti e una cacciata a letto senza cena, ma se il rientro sarà di quelli agitati, magari per qualche intrigo con i colleghi, allora sarà peggio, dovrà subire tutta la rabbia che gira nel deposito e che non ha avuto la possibilità o il coraggio dello sfogo.

È buio lo sgabuzzino, buio come avere gli

occhi chiusi, ma Nini, per tutte le volte che ci è già stato, ormai lo conosce a memoria. Anche senza luce sa che a destra ci sono le scope, sulla schiena tutte le scarpe e sulla sinistra tutti gli arnesi di papà. Già, gli arnesi, quelli sono diventati gli amici del suo gioco dispettoso: con il cacciavite fa i buchi sul muro, sempre sulla parte bassa, così forse non si notano, con la tronchesina, ieri, dopo aver cercato con pazienza, ha trovato la scarpa della mamma e con un colpo secco ne ha tranciato il tacco. Quando se ne accorgerà sa già che gli toccherà un'altra entrata nel castigo scuro.

Il tempo passa e il papà non rientra, Nini è stufo, chissà quanti numeri mancano ancora... Ecco, hanno suonato il campanello, sono due squilli: è il suo segnale. Ora sa di sicuro che è arrivato il momento e non c'è più da contare nessun numero.

L'abitudine sente sfilare il cappotto e subito un vociare confuso, è la mamma che soffia nell'orecchio del papà tutto l'accaduto. Come sempre esagererà ma non lo fa apposta, è fatta così; per lei due dita di marmellata fanno un barattolo e una brutta nota fa la bocciatura sicura. Ecco che è arrivato l'urlo, ora il capofamiglia sa tutto, ora si starà rimboccando le maniche e si dirigerà verso lo stanzino per far rispettare una punizione.

Nello spazio ristretto gira una speranza, quella che l'esecutore si ricordi di togliere l'anello grosso dalla mano sinistra, perché, accidenti a lui, ogni volta raddoppia il dolore.

Si spalanca la porta e la luce del corridoio, come un dispiacere, entra nel buio. La figura alta del castigo e già là che solleva la mano, giusto il tempo di guardare se c'è l'anello: no, meno male. Le piccole braccia si racchiudono in difesa.

Di solito i colpi vanno da tre a sei, a seconda dell'umore, questa volta è andata bene, tre soltanto, vuol dire che il genitore è stanco. Poi, come da copione, arriva la minaccia del collegio, ma sono cose che si dicono per allarmare una paura, poi passano. Però, chi l'ha detto che non sarebbe meglio, perché i collegi saranno severi fin che si vuole, ma è sicuro che abbiano gli sgabuzzini?

Nini è a letto senza cena, ma il pancino non protesta: lui dalla sua ha l'età della scaltrezza, così si rifornisce dalla riserva che si è preparato sotto il materasso, non si tratta di pane e prosciutto o di carne in scatola, sono le caramelle e le cioccolate dei nonni, che vanno ancora meglio.

Finita la cena dolce, consumata alla faccia dei castighi digiuni, ora ci si può rilassare con i pensieri che prendono sottobraccio una stanchezza e l'accompagnano dentro il sonno, così Nini pensa, pensa... pensa fino a chiudere gli occhi...

Brutti sgabuzzini, dovrebbero vietarli. Lì non ci si può muovere, camminare, lì dentro ogni volta mi viene su una voglia di prato, che un giorno o l'altro ne uscirò verde. Mamma mia, che voglia di buttare giù quella porta e correre, correre il più lontano possibile da quel quadrato scuro, ma dico io: cosa hanno fatto a darmi le gambe se poi le obbligano nei ripostigli. Brutti sgabuzzini, quelli li hanno inventati per la scopa e gli arnesi che non possono muoversi da soli, oppure per nascondere le puzze che ci sono dentro le scarpe, io cosa c'entro? Io ho preso solo una brutta nota. Ma allora, se tutti i bambini fossero buoni e bravi, gli inventori di questi bu-

chi neri dovrebbero cambiare mestiere? Che il tempo almeno passasse veloce, per crescere in fretta sarei disposto a dare in cambio tutti i miei giochi: voglio diventare grande! E quando sarò grande mi sposerò con una donna bellissima, bravissima, e senza nessuna fantasia da soffiarmi dentro le orecchie; poi compreremo una casa con tante stanze grandi e tutte piene di luce, avremo anche tanti, tanti e tanti bambini. Io li amerò, li accarezzerò, li bacerò, e spiegherò loro quello che è giusto e quello che no e se capiterà che sbaglieranno allora li porterò sui prati e insegnerò con parole dolci perché sì e perché no. Per guadagnarsi il perdono dovranno darmi la mano e correre, correre per tutto il tempo che ho perso, correre sui prati che mi mancano... sì, sui prati, grandi prati...

Ora Nini, dorme come un puledro sfinito e allergico ai recinti. Cara creatura, forse qualcuno dovrebbe raccontargli com'è la storia, la storia di suo padre e del padre di suo padre, e di un altro padre ancora. Anche loro a otto anni o giù di lì sapevano contare fino a quattrocento, e quando combinavano qualcosa che non andava agli adulti finivano negli sgabuzzini. Poi, cacciati a letto e dentro il preludio del sonno s'impegnavano nelle carezze e nei prati da dare agli eredi, ma si sa che i giuramenti bambini non hanno valore: sono gli unici che abbiano il diritto di dimenticare. Poi, quando si cresce, si acquista la presunzione del pensiero saggio che vestirà una prepotenza, quella che per anni ripeterà: "Se sono arrivato fin qua lo devo anche ai castighi scuri, perciò, come sono cresciuto io, così... crescerò mio figlio."

12

UNA BOCCATA D'AMORE

In questo pomeriggio grigio di fiammiferi spenti e portacenere pieni, penso a lei.

Lo faccio con un ripasso rassegnato: fino a duecento sigarette fa, mi distruggevo e torturavo con fiumi di fumo, quasi a un passo dallo scoppio dell'infarto, ma adesso se Dio vuole è finalmente passata, ora che ho esaurito quel tormento esercito solo l'aspirazione lenta e il pensiero piatto, quello che gira, gira e gira ancora, senza muoversi di un passo.

Sprofondato sul divano che stringe così bene la voglia di non alzarsi, mi perdo con lo sguardo dentro la nebbia che io stesso ho avuto la pazienza di creare. A malapena intravedo le pareti, e più lontano riconosco una finestra: è chiusa. Dopo tanto tempo, mi torna la curiosità – Ma lì fuori, vivono ancora?

Che io ricordi, una volta sì. Vivevo io, viveva lei, e dietro di noi vivevano le piogge sopra la passeggiata e la gioia del sole pronta ad asciugarci. Viveva il mio cuore, e intorno a noi c'era sempre un concerto di battiti ad accompagnarci. Viveva la fretta del mattino e la quiete della sera, dentro ci vivevano miliardi di aliti con la voglia di fiato, aliti di voce con l'urgenza assoluta di recitarsi il cuore. Sì, vivevano un po' tutti, buoni e cattivi. Intorno alle rime d'amore c'era anche la tosse nera per i camini con il fumo scuro, la nevrosi della puntualità a ogni costo e l'esercizio egoista del tornaconto, sotto i piedi girava la paura viva dei topi. Sì, c'era vita per tutti, indistintamente.

Solo i giorni morivano a mezzanotte in punto, ma non c'era neanche il tempo per piangerli che venivano sostituiti. *Ieri* era uno stimolo e *Domani* un'ansia, *Oggi* una gioia con tanta fretta di viversi. Adesso è diverso, gli stati d'animo sono stanchi come bandiere bianche, adesso da troppo tempo a questa parte qui dentro è sempre lo stesso giorno. Passato e futuro sovrastano gli umori, si sono mescolati con il niente, così che oggi può essere benissimo l'inizio di ieri o gli ultimi istanti di domani: tutto questo tempo è incapace di inventarsi anche una sola scheggia d'emozione.

Maledizione al ricordo che non posso rivivere, perché è troppo lontano, lontano più dell'impossibile, solo lui potrebbe testimoniare che una volta non era così. A quel tempo fumavo amore senza brontolare tosse, e i portacenere erano sempre vuoti. Anche se le mie ore erano un continuo accendere nessuno aveva voglia di spegnere, anzi. Allora ci amavamo fino a bruciarci i mozziconi. Potevo vantarmi dei miei posacenere vuoti, perché chi lo trovava il tempo di fumare? Con lei mi scordavo persino di portare rispetto alla decenza del respiro, per lei un fiato sì... e dieci no.

Altri tempi, quella era la stagione data in affido all'emozione e le tirate d'amore si sprecavano. Gusti forti e gusti dolci, mai niente di scadente, mai neanche un filo di tabacco da sputare per il disturbo. In quell'intreccio di fumo e fuoco, tutto poteva accadere senza procurarmi il minimo fastidio, io me ne stavo ben protetto dentro il mio recinto insormontabile dell'amore, per me l'unica cosa che succedeva era lei.

Lei, che era diventata un tormento: non per

me, s'intende, solo per gli altri. Si era costituito un esercito di schiocchi invidiosi che, come tanti intriganti incalliti e pensatori senza filtro, erano sempre pronti a seguirmi e tormentarmi per rammentarmi che: "Attento che quella ti ruba la salute, quella ti fuma lentamente spargendoti qua e là, e quando ti avrà consumato ti costringerà a terra e con la punta della scarpa ti spegnerà, schiacciandoti."

Avevano ragione, e come se avevano ragione, la stessa che hanno le menti lucide che non si imbrogliano con l'amore, però... A me resta il piacere di essere stato fumato, e per loro soltanto la rabbia di non essere mai stati neanche accesi.

Ora sono qui, schiacciato come l'ultimo mozzicone, perso dentro il consueto di un viaggio nella mente, andata e ritorno, ritorno e andata, come uno stantuffo su e giù nello stesso pensiero.

Penso a lei e alle sue labbra giganti, ai suoi polmoni ingordi che senza sosta accendono e spengono, a lei, che continua a stringersi gli uomini tutti dentro un pacchetto e appena ne sente la voglia li fa uscire con due tocchi leggeri delle dita. Uomini alti, forti, eleganti, svegliati con il fuoco e immediatamente consumati. A piacere esaudito, eccoli lì, a terra: buttati via come inutili rifiuti.

Quanti, chissà quanti ora saranno come me, con le figure stanche piegate a sedia a riempire i portacenere che lei ha abbandonato, mentre sperano di distinguere nella nebbia una finestra aperta e fuori un giorno che gira, pronti poi a commerciare tutta l'attesa per la toccata di un ritorno. Un piccolo ritorno, giusto il tempo per non morire soffocati a provare a salvarsi... a salvarsi con una boccata d'amore.

13

SUCCO D'ACETO

Anche stamattina, dopo una notte di fate e castelli, una sveglia ha spaventato l'incantesimo, castigandomi con l'ennesimo risveglio al succo d'aceto.

In questa camera buia non c'è niente d'incantato: i castelli alti si sono ridotti a piccoli comodini, la maestosa musica celeste si è abbassata nel rumore del sonno di genitori e fratelli; tutti nello stesso letto e con la stessa fortuna che io non ho più, quella di sognare ancora. Sono le quattro e mezzo del mattino, un'ora che appartiene al cuscino, e invece io devo alzarmi, devo vestirmi e devo andare. Poi, per tutto il giorno, nel cantiere, dovrò spendere succo di sudore.

Di mestiere faccio l'aiuto dell'aiuto manovale, ma ho solo tredici anni e devo assolutamente avere pazienza: non sarà sempre così, perché un giorno avrò l'età dei manovali e non sarò più il bersaglio degli ordini. Al mio posto chiameranno altri bambini. Sì, lo so, a dodici anni si è ancora in età da scuola, e le mani dovrebbero giocare con le macchie d'inchiostro, ma non ero un grande studente, e ripetere gli anni era spesa inutile: oggi, con le mani bianche di calce, costo meno, anzi, avanza qualcosa. A casa mia ci sono tre fratelli troppo piccoli per lavorare, una madre stanca come la disperazione dei piatti vuoti e un padre disoccupato: ha cinquant'anni e non lo vuole più nessuno, neanche a pagarlo con gli spiccioli. Poverino, sarebbe disposto a tutto per un'occupazione, tanto è vero che ha bussato, urlato, protestato, e non so quante volte ha persino minacciato di uccidersi, ma non gli credono più. Mio nonno dice che i suicidi non si avvisano, quelli si eseguono e poi si lasciano raccontare. Che tenerezza mio padre, quando mi bacia, mi stringe e dice: "*Fortuna che c'è la tua età!*" Sì, perché per me è più facile, ho una forza giovane e costo poco, con cinque euro al giorno non offendo la spesa e riesco a dare sollievo alla casa. Però, adesso a scuola ci tornerei volentieri, giurando persino di ascoltare e di studiare quel che serve per non replicare una bocciatura: parola, tutto pur di non uscire ogni mattina con la paura del buio.

Sulla strada spesso incontro Raffaele, mio vicino di casa e coetaneo, stessi anni e stessa fatica: lui raccoglie i pomodori nei campi di Santa Maddalena. Oggi non c'è, sicuramente sarà per via della grandine dell'altro giorno, già ieri tremava e sudava, adesso sarà bronchite. Per lui, giorni bollenti con succo di starnuto.

La corriera passa alle cinque e dieci in punto, e chi c'è c'è, lei non si sofferma mai sulla conta, così peggio per i ritardatari, perderanno il viaggio e una giornata di lavoro. Tutto quello che devo fare è salire e unirmi al dormiveglia della gente, a scuoterla ci pensano bene i buchi della strada: una volta li ho contati, sono cinquantadue risvegli a viaggio. Finite le buche bisogna scendere ed entrare in cantiere, dove non esiste il saluto, non c'è usanza e non c'è tempo, bisogna subito darsi da fare con carriole e mattoni e così per dieci ore. Dieci ore: l'importante è non contarle, altrimenti valgono il doppio.

Quando finisce, ci si riaddormenta sulla corriera e, nel sonno, si ricontano altre cinquantadue buche, poi finalmente, il rientro. Scendo e mi ritrovo nella stessa strada buia dell'andata.

Il lavoro in cantiere non è difficilissimo, anzi: è facile come aiutare un aiuto. Se però mi trattassero meglio forse alla sera non sarei stanco due volte. Al mattino, quando arrivo, devo subito affrontare il manovale anziano, che ce l'ha su con me neanche fossi la sua disgrazia. Appena mi vede, mi salta addosso con il solito rimprovero al succo di veleno: *"Ma che, sei in vacanza? Dai, sveglia e muovi quel culo: pulisci la betoniera, stiva i mattoni, scarica i sacchi di cemento, prendi la pala e carica la carriola…"* Infilato dentro la pancia della betoniera la testa gira da perdere il respiro, e i mattoni, specie quelli scheggiati, tagliano le mani, per non dire poi dei sacchi di cemento, che giuro, pesano più di me. Poi, per riposarsi, con il succo di sputo sulle mani che non fa scappare il manico della pala, via a riempire la fame di una carriola dispettosa, che appena accontentata si diverte a piantare la ruota a terra e a non muoversi più. Altroché vacanza, vacanza sarebbe una carriola più leggera.

So bene che l'urlo nel cantiere è un'abitu-

160

dine, non una cattiveria: si inizia dall'alto, dove un padrone grida all'ingegnere, l'ingegnere grida al capocantiere, il capocantiere al manovale e il manovale prende il tutto e lo urla addosso a me. Ma non posso arrendermi, devo resistere, perché quando sarò grande diventerò il capo del più importante dei cantieri e allora, con file e file di bambini e manovali anziani, costruirò il grattacielo più alto del mondo. Ho già tutto in testa: mio padre magazziniere, mia madre a riposo assoluto e Raffaele, succo di starnuto permettendo, vicecapo del capo. Mi basta solo qualche anno e poi, come mi raccontano ogni notte le fate del sogno, gliela faccio vedere io a quegli urlatori: mattone su mattone e piano su piano, bucherò le nuvole e arriverò in cielo. Per intanto, però, visto che i sogni non spingono le carriole, devo scendere dalla fantasia e, arrangiandomi con il conforto della speranza, provare assolutamente ad andare avanti.

Oggi piove, ed è anche peggio. Il cemento si asciuga incrostandosi sulle scarpe ed è impossibile camminare; anche la calce, a contatto con l'acqua, brucia su viso e mani che pare fuoco, mentre il giro della carriola schizza il fango fino in bocca. E dire che Raffaele, ogni volta che c'incontriamo, insiste: "*Avvisami appena si libera un posto, che voglio fare anch'io l'aiuto manovale. Da voi, quando piove, per lo meno chiudono i cantieri!...*" Sì, magari: i cantieri si chiudono dove c'è la giustizia di chi rispetta il tempo. Qui da noi, invece, il tempo serve solo per misurare la fretta: prima si finisce e prima si comincia da qualche altra parte. Così, i padroni continueranno a incassare, pagando i manovali anziani per gridare e i bambini affinché spingano gli anni sopra carriole che non vogliono giocare.

Almeno venisse l'ispezione di controllo, allora sì che mi guadagnerei un'ora di sosta nascosto in un tubo, ma è una speranza inutile. Quella non viene quasi mai, e se viene quella che dico io è la solita storia: stringe la mano al padrone, riceve una confidenza in busta e, senza impicciarsi degli affari altrui, ringrazia per il succo generoso e se ne va.

Sì, quando piove è peggio, gli umori diventano suscettibili e i volumi si alzano. "*Sbrigati, senzavoglia, è già un'ora che al quarto piano gridano per due secchi di malta...*" Vado, vado... Se solo sapessi come. I secchi sono così pesanti da non riuscire a smuoverli. Per fortuna che c'è il sogno che mi ricorda del grattacielo, con lui posso sopportare qualsiasi peso e andare al piano che vogliono.

Quarto piano, parete esterna; c'è il manovale anziano con l'immancabile sigaretta incastrata tra le labbra che mi aspetta all'angolo opposto e, per raggiungerlo, devo attraversare i ponti sopra i tubi. Quante, ma quante volte ho già detto che, per le mie vertigini, queste passerelle di legno ballano peggio di una tarantella impazzita. Ci vorrebbero le cinture di sicurezza, ma quali? Qui, anche a chiedere solo un pezzo di spago per reggerti i calzoni, ti saltano addosso neanche li volessi rapinare. Ma i lamenti non servono, non sono previsti nello stipendio, perciò bisogna andare, andare in silenzio e con gli equilibri che temono di scivolare, mentre la malta dentro i secchi si agita come le onde nella burrasca. Improvvisamente, in bocca, sento il gusto di un succo pauroso.

Che strano, però, nonostante la cautela mi consigli i passi dell'equilibrista, facendomi avanzare piano piano, il vecchio dall'altra parte non mi urla la solita fretta, anzi, mi guarda con gli occhi grandi di chi si impaurisce di qualcosa. Muove un braccio verso di me, apre la bocca, gli cade la sigaretta... *"Attento!"*

Ma... ma cosa sta succedendo?...

Sta succedendo che un passo equilibrista ha perso la riga, così scivolo, e il secchio dalla parte esterna del ponte reclama tutto il peso dalla sua: provo a mollare ma il manico, d'accordo con lo strappo, mi prende e mi tira giù. Dall'altra parte le scarpe pesanti tentano di resistere, ma niente da fare, il volo vince e reclama il suo bottino. Mentre cado, ecco che torna il gusto d'aceto e la vita intorno gira come un vortice: i fratelli che dormono, Raffaele che starnutisce, mio padre che piange e mia madre che sviene. Ancora pochi attimi e scendendo riesco ancora a intravedere, mattone su mattone e piano su piano, un grattacielo che si ribalta e si fa costruire a testa in giù. Poi un colpo e il buio, il solito e maledetto buio della mia strada.

Domani, alle cinque e dieci in punto, passerà la corriera e raccoglierà un altro ragazzino, poi, come d'abitudine, proseguirà verso i suoi cinquantadue buchi. Sarà di sicuro un tredicenne, o giù di lì, uno con tutte le sue fate e i suoi castelli che, illuso da un grattacielo, verrà assunto nel cantiere.

Domani, per l'aceto, ci sarà altro succo da spremere.

14

VOLA L'UCRAINO

Passi sopra la piazza in una mattinata qualsiasi, una di quelle mattine segnate in nero sul calendario per avvisare che è un giorno di scuola o di lavoro.

Passi veloci che, gareggiando con un ritardo, si mescolano coi passi lenti di chi i ritardi li ha esauriti e deve soltanto preoccuparsi di far passare il tempo senza più nemmeno il conforto di un sonno operaio.

Le teste abbassate si incrociano. Qualcuna, come li riconoscesse dalle scarpe, si solleva per rispettare i saluti di chi calza altre scarpe, quelle che non hanno fretta di camminare. E può anche capitare che uno di loro si fermi di colpo, per lasciare meglio girare un pensiero: *"Maledette nuvole, anche oggi pioverà…"*, *"Porca miseria, domani mi scade la cambiale!"*, *"Che barba, oggi mi tocca il compito in classe…"*

Ma ecco che improvvisa, come un temporale d'estate, una figura s'intromette nelle consuetudini di quel giorno feriale; tra gli intralci di una impalcatura che copre il palazzo del Comune sembra che penzoli un manichino, sì, un manichino che ha la sembianza di chi ha deciso di licenziarsi dalla vita.

Vola l'ucraino, vola per il piacere di una bora che lo spinge un po' qua e un po' là, dondolandolo come un'orribile in consuetudine dentro la cronaca di una piazza, scotendo la quiete di un lunedì mattina.

Subito l'orrore e l'urlo di chi lo ha visto sollecita un soccorso, un soccorso che interviene più veloce dei soliti "interventi", e immediatamente imbraca il manichino per toglierlo da quella pubblica esposizione: quella è una piazza permalosa, che vive facendosi ammirare dai passanti e dai turisti, perciò, non è bello che si faccia scoprire in pose screanzate.
La cortesia dei vivi ricopre subito il cadavere con un telo bianco: chissà, forse lo stesso telo bianco che qualche tempo fa, d'estate, ha evidenziato l'indifferenza cittadina per una

morte balneare. Allora di quella distrazione ha parlato mezza Europa, domani, forse il manichino si meriterà solo il disonore di qualche riga in cronaca.

Ora l'ucraino è disteso, strappato ormai dalla sua danza nel vento, e le autorità competenti gli perquisiscono le tasche per dargli un nome. Tra le fodere trovano solo un mazzetto di banconote strappate, e una lettera, lettera d'amore...

Caro amore mio...

Righe che avvertono di una disperazione, perché – dall'altra parte – qualcuno ha interrotto la comunicazione. Una ragazza che abitava a migliaia di chilometri dal cuore, un'innamorata mantenuta nell'attesa con una promessa che aveva giurato e stragiurato di tornare, di amare, di vivere.

Ma la lontananza alla lunga trancia gli affetti, perché se è vero che la vita è un continuo viavai di appuntamenti, e se ne può rimandare uno, ritardarne due, saltarne tre, può succedere anche che la forza della speranza si stanchi di attendere e si arrenda al rammarico della realtà e così, per non invecchiare sospirando, si aggrappi alla prima occasione che passa e saluti la vecchia storia.

Addio amore...

Sì, addio al cuore passato aspettando, addio a tutti i progetti che lo dovevano trattenere: un piccolo appartamento in città, un'automobile di seconda mano, il videoregistratore... E allora tanto vale strappare anche i risparmi...

L'ucraino, probabilmente, sognava un sogno tutto suo, e quando si è trovato nell'impossibilità dell'acquisto, ha preferito invalidare i soldi i sogni che non c'entravano più con lui.

O chissà, magari sono solo banconote disperate, tagliate a metà con l'illusione di vederne moltiplicato il valore: millecinquecento dollari che diventano tremila, e se ci fosse stata la forza per un altro strappo anche seimila...

Lo stanno portando via.

Qualcuno crede di averlo riconosciuto.

Qualcun altro rammenta che infastidiva un gruppo di bambini. Era pericoloso?

Altri ancora ricordano di averlo visto piangere in un angolo. Era disperato?

E cosa può mai piangere un adulto nascosto in un angolo: una moglie scappata da casa, la macchina appena comprata e appena rubata, una perdita al gioco... No?! Come?... Un videoregistratore?...

Ora è tutto finito: via il telo, via l'ucraino, e via anche il ricordo di quel manichino al vento.

Tutto sembra tornato alla normalità e nella piazza resta solo qualche traccia curiosa. Perché si è ammazzato?

Mah, forse il gesto estremo di chi si sente rifiutato e per protestare rifiuta? O è la resa di chi alza le mani e manda a dire *"Troppo dura questa vita, per le mie fatiche..."*? Oppure, sì, una vendetta: una vendetta da esibire al passaggio, come gettare un rimorso in mezzo alla piazza, anche se, all'ultimo strappo, gli sarà rimasto il dispiacere di non aver potuto vedere chi lo avrà visto morire, e chi avrà avuto la pietà di commentarlo.

Tutto può essere con questi strani stranieri, che non parlano, non socializzano e si muovono nei nascondigli con l'imbarazzo degli ospiti che non sono mai stati invitati. Strani anche come il sospiro di un "Permesso di soggiorno", o la disperazione di un "Foglio di via". Tutti illusi di un sogno che si sogna dalla parte sbagliata...

Caro amore mio, presto, il videoregistratore...

INDICE